重庆市脱贫攻坚
优秀文学作品选

袁宏 / 著

YANGGUANG
ZHAOLIANG
WULINGSHAN

阳光照亮武陵山

重庆出版集团 重庆出版社

图书在版编目(CIP)数据

阳光照亮武陵山/袁宏著.—重庆:重庆出版社,2021.3
(2022.2重印)
(重庆市脱贫攻坚优秀文学作品选)
ISBN 978-7-229-15522-3

Ⅰ.①阳…　Ⅱ.①袁…　Ⅲ.①诗集—中国—当代
Ⅳ.①I227

中国版本图书馆CIP数据核字(2020)第241963号

阳光照亮武陵山
YANGGUANG ZHAOLIANG WULINGSHAN
袁　宏　著

丛书主编:魏大学
丛书执行主编:孙小丽
丛书副主编:牛文伟　杨　勇
责任编辑:吴　昊　卢玫诗
责任校对:杨　婧
装帧设计:戴　青
封面插画:珠子酱

重庆出版集团　出版
重庆出版社

重庆市南岸区南滨路162号1幢　邮政编码:400061　http://www.cqph.com
重庆出版社艺术设计有限公司制版
重庆天旭印务有限责任公司印刷
重庆出版集团图书发行有限公司发行
E-MAIL:fxchu@cqph.com　邮购电话:023-61520646
全国新华书店经销

开本:787mm×1092mm　1/16　印张:12.5　字数:173千
2021年3月第1版　2022年2月第2次印刷
ISBN 978-7-229-15522-3
定价:45.00元

如有印装质量问题,请向本集团图书发行有限公司调换:023-61520678

版权所有　侵权必究

编委会

○ 编委会主任
刘贵忠　辛　华

○ 编委会顾问
刘戈新

○ 编委会副主任
魏大学　陈　川　黄长武　莫　杰　王光荣　田茂慧
李　清　罗代福　冉　冉

○ 编委会成员
孙元忠　周　松　兰江东　刘建元　李永波　卢贤炜
胡剑波　颜　彦　熊　亮　孙小丽　徐威渝　唐　宁
吴大春　李　婷　陈　梅　蒲云政　李耀邦　王金旗
葛洛雅柯　汪　洋　李青松

○ 编　　辑
谭其华　胡力方　孙天容　皮永生　郑岘峰　赵紫东
刘天兰　李　明　郭　黎　王思龙　李　嘉　金　鑫

总序

重庆是一座高山大川交织构筑的城市,山水相依,人文荟萃。这里有鳞次栉比的高楼华厦、流光溢彩的两江夜景、麻辣鲜香的地道火锅、耿直爽朗的重庆崽儿……她的美丽令人倾倒,她的神奇让人向往,她的热情催人奋进。重庆也是一座集大城市、大农村、大山区、大库区和少数民族地区于一体的城市,城乡差距大,协调发展任务繁重。重庆直辖之初,扶贫开发是中央交办的"四件大事"之一。2014年年底,全市有国家扶贫开发工作重点区县14个、市级扶贫开发工作重点区县4个,有扶贫开发工作任务的非重点区县15个,贫困村1919个,贫困发生率7.1%。2016年1月,习近平总书记视察重庆时强调,重庆脱贫攻坚"这个任务不轻"。

让贫困人口和贫困地区同全国一道进入全面小康社会,是我们党的庄严承诺,打赢脱贫攻坚战是时代赋予我们的光荣使命。重庆广大干部群众坚定融入时代洪流,投身强国伟业,拿出"敢教日月换新天"的气概,鼓起"不破楼兰终不还"的劲头,向贫困发起总攻,坚决打赢脱贫攻坚战。在全市上下一心、同心同德的艰苦奋战中,在基层广大扶贫干部和群众的不懈努力下,经过8年精准扶贫、5年脱贫攻坚,重庆市脱贫攻坚取得历史性、根本性、决定性成效。贫困区县悉数脱贫"摘帽",累计动态识别(含贫困家庭人口增加)的190.6万建档立卡贫困人口全部脱贫,历史性消除了绝对贫困,大幅提高了贫困群众收入水平,极大改善了农村生产生活生态条件,明显加快了贫困地区发展,有效提升了农村基层治理能力,显著提振了干部群众精气神。2019年4月,习近平总书记视察重庆时指出,"党的十九大以来,重庆聚焦深度贫困地区脱贫攻坚,脱贫成效是显著的","重庆的脱贫攻坚工作,我心里是托底的"。

习近平总书记在决战决胜脱贫攻坚座谈会上强调,"脱贫攻坚不仅要做得好,而且要讲得好"。讲好脱贫攻坚的实践故事,讲好各级各部门统筹推进疫情防控和脱贫攻坚工作的攻坚故事,讲好基层扶贫干部的典型事迹和贫困地区人民群众艰苦奋斗的感人故事,是广大作家和文学工作者的时代责任和光荣使命。面对乡村的巨变和社会的进步,面对形象丰满的扶贫工作者群像和感人至深的扶贫励志故事,面对许多不甘贫困的普通百姓,面对人民群众美好生活的新期待,重庆广大文学工作者投身脱贫攻坚主战场,用文学创作的方式反映大时代背景下重庆人民在脱贫攻坚战役中的不平凡经历和取得的伟大业绩,记录伟大时代的火热实践,记录人民日新月异的新生活,创作出一批优秀脱贫攻坚主题文学作品,《重庆市脱贫攻坚优秀文学作品选》应时而生。

《重庆市脱贫攻坚优秀文学作品选》是在中共重庆市委宣传部的支持下,由重庆市扶贫开发办公室、重庆市作家协会联合策划的系列丛书。为了讲好重庆的脱贫攻坚故事,创作出有筋骨、有硬核、有温度、有品位的文学作品,重庆市扶贫办组织专班提供了大量典型素材和采访线索,组织专人陪同作家深入一线采风采访。重庆市作协遴选了一批来自脱贫攻坚工作一线的优秀作家执笔,组织创作优秀作品。项目甫立,这批作者或早已投身于脱贫攻坚火热的现实中,或遍访民情搜集创作的素材,或直面基层和一线的真实,积累了丰富细腻的情感。通过他们各自不一样的脚力、眼力、脑力和笔力,一幕幕感人至深摆脱贫困的场景得以再现,一个个人物典型的人格魅力得以张扬,一份份对农村新貌的赞美得以抒发……

《重庆市脱贫攻坚优秀文学作品选》由13部优秀文学作品组成,

体裁涵盖长篇小说、纪实文学、散文和诗歌等。钟良义创作的长篇小说《我是第一书记》，以三个主动请缨到脱贫攻坚第一线的城市青年干部的扶贫经历为主线，展示了重庆脱贫攻坚工作的艰巨性和复杂性，表现了重庆青年党员群体的责任担当；罗涌创作的长篇小说《连山冲》讲述了位于武陵山集中连片特困地区的连山冲村克服重重困难成功脱贫的故事，塑造了脱贫攻坚工作中的各色人物的鲜明个性，全景式地书写了精准扶贫精准脱贫中的艰难与坚韧、痛苦与希望以及从精准帮扶到产业致富的山村发展路径与规律；陈永胜创作的长篇小说《梅江河在这里拐了个弯》以身患绝症的扶贫干部林仲虎在生命的最后时刻依然坚守在扶贫第一线的感人事迹，折射梅江河，乃至秀山县脱贫攻坚工作的艰辛历程；刘灿创作的长篇小说《蜜源》讲述了留学归国青年踌躇满志来到贫困山区创业的故事，讴歌了新时代知识青年的理想追求，展现了新时代重庆农村的人文风貌；何炬学创作的长篇报告文学《太阳出来喜洋洋》通过讲述一个个"奋斗者"的脱贫故事、赞颂"助力者"的全心投入，全面展示了自2014年全国新一轮脱贫攻坚工作开展以来，重庆全域在此工作中的生动景象，并努力挖掘重庆的文化底蕴，彰显重庆人的精神和气质；周鹏程创作的报告文学《大地回音》是他深入重庆14个国家级贫困县和4个市级贫困县采访、调研的结晶，反映了重庆农村特别是贫困山区在脱贫攻坚战中发生的天翻地覆的变化；谭岷江创作的报告文学《春天向上》通过对石柱县中益乡各村帮扶贫困户产业脱贫致富故事的讲述，勾勒出一幅山区土家族人民在新时代努力奋进，积极乐观地追求幸福的壮美画卷；李能敦创作的散文集《别急，笑起来——巫山县脱贫攻坚人物谱》生动刻画了一批来自巫山县脱贫攻坚一线的人物群像，记录了他们在脱贫攻坚战役中的奋斗与牺牲，泪水与欢笑；龙俊才创作的散文集《我把中坝当故乡——驻村扶贫纪实》还原了中坝村扶贫干部与群众在脱贫攻坚战一线，确保高质量完成任务的方方面面，是全国打赢脱贫攻坚战中一个生动的缩影;徐培鸿创作的长诗《第一书记杨丽红》借由对脱贫攻坚战中的女性群体的观照,展现出广大驻村女干部们的艰辛付出和人性中的大美;袁宏创作的诗集《阳光照亮武陵山》围绕武陵山区的脱贫攻坚展开诗性建构,集中反映了酉阳土家族苗族自治县广大干部群众积极投身脱贫攻坚的国家战略,展现了人们面对困难守望相助的内心世界和追求美好生活的坚毅品质;戚万凯创作的儿歌集《我向马良借支笔》,以琅琅上口的儿歌展现脱贫攻坚的生动场面和新农村的美丽画卷,通过生动活泼、富有童趣的形式,传递党的扶贫声音,讴歌扶贫干部公而忘私的奉献精神和乡村群众自强不息剜穷根的精神风貌。丛书还收录了傅天琳、李元胜、张远伦、冉仲景、杨犁民等70余位重庆诗人创作的诗集《洒满阳光的土地——重庆市脱贫攻坚诗选》。这些作品散发着巴山渝水的浓郁乡土气息,晕染着山城文化的独特魅力,不仅凝练了百折不挠、耿直豁达的重庆性格,而且写出了重庆人感恩奋进、誓剜穷根的精气神,总结了重庆在生态、教育、健康、搬迁、文化、产业等方面的典型经验。作家们的创作不回避矛盾,不矫饰问题,以真情与热诚书写贫困地区的变化,把脱贫攻坚故事写得实实在在、有血有肉、鲜活生动,彰显了重庆文艺工作者在脱贫攻坚中强烈的使命感和责任感。

《重庆市脱贫攻坚优秀文学作品选》是重庆广大文学工作者与时代同行,与人民同心,把人民群众的伟大实践作为创作的不竭源泉而锻造出的精品力作。我们希望通过《重庆市脱贫攻坚优秀文学作品选》所传导的精神与力量,能够让群众的灵魂经受洗礼,让群众的精神为之振奋;能够鼓舞群众在挫折面前不气馁、在困难面前不低头;能够引导群众发现自然之美、人性之美,让群众看到美好、看到希望、看到梦想就在行即能至的前方。

丛书编委会
2021年1月

目录
Contents

/ 总　序

/ 第一辑
叙述与抒怀

田勇飞的脱贫攻坚战（组诗）	2
带着女儿去扶贫（组诗）	8
许文多家的狗	12
点名	14
滚动的洋芋	15
火铺会	17
鸡在呼叫	19
湖广寨的稻子	21
路灯看到了我的身影	22
没水	24
母猪产下十一个崽	25

"菜农"许成江	26
贷款	28
祷告	31
屋檐下的麻雀	32
罗小成的扶贫经	33
水	35
一把刀	36
阳水生的渴望	38
礼物	40
残疾通道	41
白色口罩	42
一个电火炉	43
红辣椒	45
干妈的礼物(组诗)	47

目 录
Contents

/ 第二辑
感恩与回馈

一封感谢信	56
石敦周的倡议书	57
微笑的哑巴	58
冉凤仙的期待	60
当保安的许李兵	61
新栽的果树会开花	63
脱胎换骨的黄应莲	64
浪子回头金不换	66
两个红灯笼	68
阳光洒满山谷	69
广场传来沙沙声	70
金丝皇菊	71
白鹭在飞	72
阳雀在叫	73
杜鹃花开	74

细沙河的鱼	75
桃	76
桃花	77
茶叶	78
付司坡的茶园	79
丹霞石	81
洞口村的柚子	82
"牛倌"陈德禄	83
绣姐陈国桃	84
苦楝树开了花	86

/ 第三辑
赞歌与颂词

格桑花	92
卷心菜	93
路灯	94
田野里的向日葵	95

目 录
Contents

稻花鱼	**96**
低头吃草的牛	**97**
野菊花	**98**
歌仙	**99**
扬花的玉米	*101*
野百合	*102*
羊群也是美丽的花朵	*103*
蜂舞人家	*104*
古寨师婆	*105*
千手桂花	*106*
青冈树	*107*
巴尔盖的羊	*108*
描述一株金丝楠	*109*
乌杨树	*110*
金钱花	*112*

	紫薇花开	113
	小溪欢乐起来	114
	英子花	115
	绿色草坪	116
	彩色蝴蝶	117
	蜜蜂的情怀	118
/第四辑 追忆与展望	武陵山的鹰	120
	找星星	136
	走进田野	138
	远程医疗	140
	老王的橘园	141
	独坐河床	142
	高山云雾茶	143
	网店	144

目录
Contents

十里荷塘	**145**
一场演出会	**147**
幸福无法抉择	**148**
弯弯河流	**149**
油茶汤的味道	**150**
仰望天空	**152**
她笑起来真好看	**153**
撒欢的鸡群	**154**
武陵山的路	**155**
武陵山的桥	**156**
万木村的光伏板	**157**
光明的道路	**158**
我还有左眼	**159**
羊儿满山坡	**161**
蓝莓熟了	**162**

目录
Contents

花田贡米　　　　　　　　　　　　164

天山堡要修飞机场　　　　　　　　165

/ 后　记

兼情怀烛照与主题变奏 / 芦苇岸　　　　　　　　　　167

大山里的阳光与春风
　　——《阳光照亮武陵山》艺术世界管窥 / 彭　鑫　　173

托起灿烂的阳光 / 袁　宏　　　　　　　　　　　　180

第一辑

叙述与抒怀

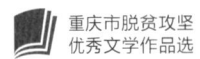

田勇飞的脱贫攻坚战(组诗)

找水

山上的悬崖很陡峭
冷峻得看不到一丝温暖的表情
攥着一脉细流

去求爱还是去拯救？
第一书记田勇飞没有给我表达清楚
而急促前行的脚步可能知道
扔在路边的荆棘可能知道
躲得老远的马蜂可能知道
不用拐弯抹角去表白了
直接送去6500米的水管作彩礼
敲锣打鼓，将山泉娶回来

治疾

鹅儿寨的老人认为
钱有时比命还重要
即使生了病，也不去医治

硬扛着
扛得过去，靠命
扛不过去，认命
30多个白内障患者
宁可当瞎子
也不愿拿钱去换取光明

扶贫书记田勇飞，不相信命运
他相信科学和医疗技术
甘愿低下头去当"孙子"做工作
老人们都不买账
宁可把钱捏出汗水
也不愿意松开手

重庆兴隆融资集团担保公司
和重庆普瑞眼科医院联手
拨款2万元，给红花村的老人治眼疾
慈善光明行流动医疗车
在黑暗和光明之间摆渡
将红花村送到了彼岸

拔钉

红花村贫困老人杨兴发80多岁
他老婆80多岁

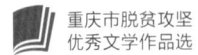

儿子40多岁
一家三口,两个患有精神病

居住房屋破烂不堪
遮不住雨,挡不住风
走进去到处是蛛网
还能看见满地的霜雪

儿子几乎每月犯一次病
砍伤过人
村民害怕武疯子
不敢靠近那栋歪歪斜斜的瓦房

为了拔除红花村这颗贫困"钉子"
田勇飞走进破烂房屋
张开温暖的手臂
拥抱杨兴发家的贫穷

先叫驻村队员送去猪肉、粮食
再研究解决房屋改造和低保问题

小额贷款利益链接:当年收入3000元
土地流转入股分红:当年收入15000元
宅基地复垦:当年收入30000元
旧房改造国家出资:75000元
签约医生还定期上门送药、诊治

杨兴发如今住进了宽敞明亮的新房
儿子杨海强的精神疾病
两年没有复发了

纾困

红花村过去的发展出现了两个极端：
一头热：1组、2组投资了6000多万元开发旅游
如今有红顶房、粉色墙、绿色果园
一头冷：3组、4组、5组，道路不畅、没有水吃
无产业，生活极度贫困

田勇飞走马上任，第一次绕道进鹅儿寨
七八十岁的老人都涌了过来
不是用热情来迎接第一书记
而是用愤怒将他围堵在山寨

一个80多岁的老大爷拽着他不放
拉着田勇飞挨家挨户察看
老百姓要扶贫书记留下一句话

红花村的发展病得实在不轻
应下猛药医治
田勇飞与专家组集体会诊，开了3服药
第一服：投资50万元，解决了3组、4组、5组饮水问题

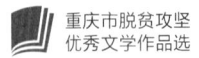

第二服：投资450万元，修建了6.8公里路
第三服：投资300万元，发展了1500亩油茶

如今山坡上，那一片片、一排排油茶树
腾起了一串串绿色的火苗
诗意般昂然

助学

贫困户杨通军家有4个孩子
老大在职高读书
老二、老三在普高读书
老四在读初中

典型的因学致贫
4个孩子如同4块石头
压在杨通军的胸口

老婆在家种点庄稼、养头猪
杨通军外出打工去挣钱

大丫头读完职高，考上了大学
杨通军反而闷闷不乐
杨艳琼很懂事，放弃深造
外出打工，协助父亲撑起家

她柔弱的肩膀扛得起生活的磨难
但扛不起反复无常的命运
田勇飞多次劝说杨通军
鼓励杨艳琼继续参加高考
力争上大学，用知识改变命运

田勇飞争取来了助学贷款
又去组织开展义捐活动
红花村6个贫困家庭
6个学生都顺利上了大学

安灯

乡村的夜晚很黑暗
乡村的道路不平坦
田勇飞看在眼里，急在心头

他筹集10万元资金
买来了150盏太阳能灯
送给村里每一条道路
送给山寨每一户人家

太阳的光辉很灿烂
放大了注目者的瞳孔
照亮了红花村出行的道路

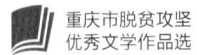

带着女儿去扶贫(组诗)

请战脱贫攻坚

贫穷犹如一头凶猛的野兽
把青年黄家君咬得遍体鳞伤
为了扶持兄妹读书
他放弃工作,下海经商
呛了一口海水
考上研究生,奔跑上岸
在重庆医科大学药学院
当了一名副教授

扶贫的号角在神州大地吹响
脱贫攻坚战发起了总攻
黄家君下乡扶贫的愿望被点燃
他主动向药学院党组织请缨
到第一线参加扶贫

到红溪村当了第一书记
黄家君利用手中掌握的医疗技术
给1000多名患病群众开具处方
医治他们的疾病

药酒

扶贫队长黄家君叫队员潘发明、冉巍
到集市买来一个坛罐
亲自洗涮，晾干
处方捡药，泡了一坛药酒
送给五保老人龙正江

龙正江患有类风湿和肾病
靠药酒维持生命

黄家君给龙正江算了一笔账
他到药店购买药酒
每月花费500元
一年就要花费6000元
泡一坛药酒才500元
能管一年
用知识替老百姓节约了大笔开支

鼓励

一个歪歪斜斜的身子
撑着墙，站了起来
脸上充满阳光

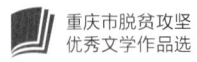

"挺起腰杆,向前走,
看着前方,对
再向前走,你真行
勇敢点,继续向前
大胆地走……"

医学教授黄家君
耐心地给一名脑瘫儿童
免费做康复训练
看着眼前被阳光照亮的背影
我的眼窝溢出了泪水

残疾儿童名叫许薇
"只要给予她足够的关爱
就能治好她的疾病。"
黄家军说

克星

红溪村9组村民董延昌
患有类风湿病
风钻进了他的右腿骨
在里面窜来窜去
用牙齿啃噬他的骨髓
已折腾老董20余年

黄家君上门为董延昌治病
与风斗法
拿着荨麻击打董延昌的腿部
消毒处理后
又用草药包扎在溃口处
将董延昌骨头里的风
逼了出来

带着女儿去扶贫

黄家君到红溪村扶贫
拉开了与妻子和女儿的距离
妻子在国外，相距几万公里
女儿在重庆大城市
手机掌控不了她的行踪

她上网、贪玩、逃学
家长会无人参加
老师打来电话责怪他
妻子打来长途抱怨他

黄家君将女儿转到酉阳读书
坚持吃在村、住在村、干在村
礼拜天，他带着女儿入户扶贫
让女儿看到了乡村的疾苦
学到了待在城里学不到的东西

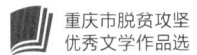

许文多家的狗

稍不留神,许文多家的狗狗
溜进时间的缝隙,汪汪汪地叫
或爬进梦里,用细小的犬牙咬我
那痛呀,比许文多的直肠癌
还让人难受

狗狗是白色的,跃起一团银光
没有绳子可以束缚它
许文多常常穿件黑袍
跟在狗狗后面,脚步分明沉重

翻过一座山丘,我站在千年的石头上
喊许文多,这个70多岁的老人
耳朵有点背,听不到喊声
那狗狗特精灵,闻声跑来
许文多也跟着走来
只有楼房站着不动
楼房边那间低矮的厨房
冒着袅袅炊烟
像伸出的温情的手臂

狗狗跑到我跟前
先是咕咕地叫，然后直起身子
抱住我的大腿
睁着期盼的眼睛
许文多急忙制止小狗的无礼
而那调皮的狗狗，摇头摆尾
在我身边跳来跳去

坐在许文多家宽敞干净的院子
我们嗑了一地瓜子
时间比马儿跑得快
院子边的桂花树更绿了
狗狗酣睡在许文多身边
不知它做了什么梦

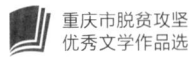

点名

红溪村那批重症患者
像一些身份特殊的学生
很伤扶贫队长的脑筋
他害怕有人掉队
常常在梦中点名

许文多，直肠癌
冉碧芝，食道癌
龚文熙，脑膜炎
杨光富，鼻咽癌
许成祥，尿毒症
许林，脑梗死……

没见人站起答应
他吓出了一身冷汗

点完名，扶贫队长伸手去
想驱逐他们身上的病魔
疾病很顽固，潜入扶贫队长体内
啃噬他的心脏

滚动的洋芋

乡人大代表许乾芳
为修一条通组路
奔走了多年

他反复叙说，经常叹息
山寨每户人家屯积的上万斤洋芋
因交通不便而运不出大山

仿佛束缚住了他的手脚
困在山中，走不出洋芋的逻辑
而忽视了玉米、稻谷、黄豆、高粱
见人就谈洋芋
他成了洋芋的代理人

"洋芋"从组走到村，从村走到镇
最后来到我面前
"袁书记，我求你给我办一件事
帮忙呼吁把7组那条公路修通
洋芋才有希望，村民才能过上好日子！"

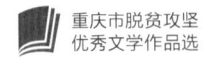

我认真记录"洋芋"的反映
倾听"洋芋"的诉求
随即叫人端来一杯热腾腾的茶水
滋润"洋芋"苦涩的喉咙

"洋芋"的呼吁得到了回应
红溪村7组那条通达路
纳入了乡村建设规划
洋芋终于可以走出山寨
拥抱一片新世界

火铺会

包村领导冉娅林的丈夫
躺在千里之外的病床上
儿子和儿媳赶到医院护理
孙女跟随她寸步不离

礼拜日,村干部下组去了
驻村工作队在走访贫困户
红溪村8组晚上要开一个会
商议产业发展问题

冉娅林今年50多岁
担任板溪镇副镇长
有的女干部像她这个年龄
已回家当奶奶抱孙子
而她不知哪儿来的锐气
在脱贫攻坚的主战场继续战斗
被尊称为"铁娘子"

上门到红溪村8组召开火铺会
是她向村民作出的承诺

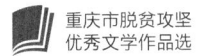

她独自带着孙女驾车去
汽车爬到海拔1200米的山顶
她背着孙女徒步走了5里山路
向炊烟袅袅的山寨走去
听说冉副镇长来开会
村民早早聚集在组长家
火铺上的火越烧越旺
火焰越燃越明亮

山上夜雾又浓又稠
冉娅林的外衣被浇湿
她推开组长那扇木门
头上冒着寒气
忽然出现在村民面前
闹闹嚷嚷的房间突然安静下来
继而响起一阵热烈的掌声

深夜11点才散会
冉娅林背着孙女爬回山顶
山风发出怪异的叫声
望着远方那片灿烂的灯火
她坚强的内心突然决口
眼眶内那些欢畅的液体
向外奔流……

鸡在呼叫

许正富从养鸡场回来
身上沾满鸡毛
风一吹,鸡毛乱飞
又轻轻飘落
望着一地鸡毛,他傻傻地笑

许正富当初恨鸡
外出务工带回一个女人
生了两个女儿
却在鸡叫声中溜走
他将那只啼叫的鸡捏在手里
一根一根地拔毛,鸡一声一声地哀叫

许正富的生活发生了戏剧性变化
跑出去的女人又回来
陪他度过一段甜蜜的生活
又偷偷跑出去了
他经常站在门口听鸡叫

我给贫困户许正富规划产业
他不养猪,不养鸭,要养鸡

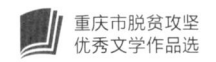

我不解其意
他说喜欢听鸡叫
鸡一叫，天开眼
远去的背影会转过身来

湖广寨的稻子

组长吴秀华打来电话
说湖广寨的稻子怀孕了
他的声音在颤动
我的手机如打捞上来的一条鲤鱼
在手中不停地摆动
天空燃烧着一团粉红色的云

接到电话,我仿佛看到吴秀华
蹲在稻田中央
手伸向灌浆的水稻
与它保持最亲近的距离

大地在颤动,吴秀华的手在颤动
我的心也在颤动
我明白吴秀华的意思
叫我们备好镰刀,产床
和轰轰烈烈的爱

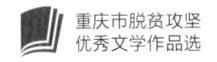

路灯看到了我的身影

红溪村公共服务中心那盏路灯
睁着一只法眼
打量来来去去的行人

从路灯下走去
我行走在红溪村的山山水水、村村寨寨
播撒爱情
那些熟悉的陌生的面孔
皆是我的亲人

我反复弹奏一支扶贫曲
琴弦一会儿被贫困绷紧
一会儿叫疾病折断
时而奏出高音,时而弹奏低音
时而出现滑音
傍晚,我拖着疲惫的身躯返回
那盏路灯,仍在等我

路灯给了我力量
当我推开厨房门,敲打空空的米缸
或吃下白水面条
路灯一直垫着脚尖照看我

阳光照亮武陵山

我的寝室状如方形漏斗
路灯用光芒堵塞光阴的漏洞
我翻开书卷阅读
凌晨从彼岸爬出来
路灯露出咯咯的欢笑

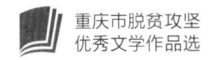

没水

没水村几百户人家
以前靠天吃水
遇到干旱,就人工送水
洗了脸的水,屯积来洗脚
洗了脚的水,屯积来喂猪牛

村民渴望解决饮水问题
村支两委到处筹集资金
驻村工作队四处寻找水源
开山炸石,挖机进场
修建水池,架设水管
苦战120天
山泉水源源不断输送到没水村

第一书记张震抬起乌黑的水龙头
泉水喷射而出
在空中划下一道彩虹
村民高呼:有水,有水,有水……

母猪产下十一个崽

三角村的三角梅绽放了
贫困户刘臣的母猪
产下十一个崽

说起这件喜事
扶贫专干倪月友眉飞色舞
他嘴里仿佛含着一颗糖

母猪产崽时
他和刘臣蹲守了一夜
母猪产下一个崽
他们就轻轻移到一边
直到母猪安全分娩

母猪产完崽
刘臣端来一盆热乎乎的豆浆
母猪一边吃食,一边看着他哥俩

我想,那头母猪
此时是羞涩的,也是幸福的

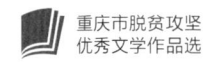

"菜农"许成江

板溪镇三角村许成江
左脚残疾
靠一根木棍支撑走路
而命运之舵
却牢牢掌握在他的手中

三角村石多土少
许成江家靠做小本生意糊口
做梦都想摆脱贫困

他发展到户产业
第一次租地种菜
亏了1500元
2019年,帮扶干部鼓励他继续种菜
便帮助他销售
当年收入15万元

许成江摘掉了穷帽子
给乡亲们传授致富经
他说:蔬菜不仅品质要好
品种也要齐全
才能满足市场需要

他还用剩下的菜叶喂猪
猪粪发酵后,又用来种菜
循环利用
不洒农药,不施化肥
他种出的莲花白,又嫩又脆又甜

许成江种菜闯出了一条新路
成了名副其实的菜老板

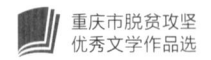

贷款

板溪镇扎营村4组肖华
到邮政银行跑贷款
连续几次
都没跑下来

"肖华，你后山那么宽的草场
适宜养牛养羊，你要有信心
抓住机遇，好好干！"

"嗯，辉哥，你放心……"
肖华躺在床上，接扶贫干部陈远辉的电话
有气无力地回答
像一个刺穿的皮球
滋滋地冒着气

"知道，就行动
抓紧去银行申请贷款
没有资金，养殖产业发展不起来
脱贫就没戏唱"

"嗯……"
肖华欲言又止
贷款要抵押，家中没有值钱的东西
放弃了，机会难得
不发展，也对不住辉哥

不能隐瞒了
肖华鼓足劲拨通陈远辉的电话：
"辉哥，银行不贷款
说我没有抵押物，要人担保……"

"别急，肖华，我立即过来
陪你去贷款……"
陈远辉安抚着肖华
匆匆跑了过去

银行代办员认识陈远辉
老远就向他打招呼
陈远辉说明来意
愿替肖华担保贷款
代办员在陈远辉耳边嘀咕：
"肖华是社会上荡的，你来担保贷款
万一他产业失败
还不上，咋办？"

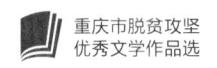

"用我的工资担保
失败了,他若还不上
扣我工资分期偿还。"
信贷员见陈远辉如此执意
拗不过人情
就给肖华贷了 5 万元
投资发展养殖业

提着银行取出的沉甸甸的现金
肖华含着热泪说:
"辉哥,你放心,我会努力
到时,一定将贷款还上!"

祷告

打工回来
许荣看见自家堂屋变成了教室
他感到惊讶

天光从屋顶照射下来
照到的不是祖先的牌位
而是一块方方正正的小黑板
还有一张单人课桌
一把单人椅子

造孽呀,他责怪自己的命运
女儿生下来得了小儿麻痹症
12岁啦,不能到学校正常读书
送教上门,不仅连累了老师
还连累了祖先

他洗净双手,点燃两支蜡烛
手里捧着一炷香
跪在地上,朝黑板叩了3个响头
仿佛在向祖先赔罪,又在替女儿祈福

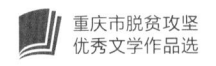

屋檐下的麻雀

在许荣家的院子
我看见一只麻雀
睁着细小明亮的眼睛
很友善地望着我
然后壮着胆子,跳进许荣家的堂屋
我屏住气息,不敢迈动脚步
害怕不雅的举动,惊扰了那个精灵

它欢快地跳动,唧唧地叫
最后跳到黑板上
倾斜着身子,用尖锐的喙
啄食粉白色的文字

在堂屋的另一个角落
残疾女孩瞪着惊恐的眼睛
她挣扎着站起来
手在空中不停地摆动,哇哇大叫
麻雀受此一惊,放弃粗鲁的动作
收敛起翅膀,带着一脸羞愧
很慌张地飞了出去

罗小成的扶贫经

扶贫干部罗小成
对人说：帮扶要举轻若重
把群众的小事，当大事来办
将贫困户当作亲人来帮助

茶溪村建卡贫困户张云珍
婚姻两次失败
第一任丈夫病逝，第二任丈夫抛弃了她
留下了两个孩子
一个在读中学，一个股骨头坏死待在家里

接到帮扶任务，罗小成三天两头往张家跑
洗碗、扫地、照顾小孩、土地上农活
这些鸡毛蒜皮的小事他争着干
落实公益岗位、低保兜底政策
这些大事，他逐一帮助解决
还鼓励张云珍养猪，种辣椒和青蒿
发展到户产业，实现脱贫致富

张云珍一度对生活感到失望
如今看到了希望，充满了信心

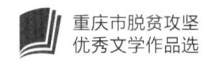

如同抽穗的玉米
遭遇一场冰雹袭击后
在阳光下毅然昂起了头

水

西阳县两罾乡内口村小学校喊渴
有20多个学生喝不上干净水
驻村工作队知道后
急忙到学校研究解决饮水问题

山上尚有一脉山泉
是当地村民唯一的饮用水源
扶贫队长李远带领队员
跑东家、访西家
叫叔叔、叫阿姨、叫哥哥、叫姐姐
终于感动村民，改变了泉水的流向

为了将泉水输送到学校
驻村工作队安装了500米的水管
还给学校买来净水器

山泉水仿佛找到了生活的价值
母乳般流淌不息
它喂养了学校，和乡村的未来

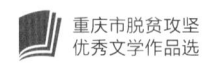

一把刀

海归博士赵洪伟是重庆医科大学
附属口腔医院副主任医师
专攻癌症等重大疾病
他医术精湛,被行内称为"一把刀"

赵洪伟到酉阳县楠木乡红庄村驻村扶贫
他动用手术刀,解剖乡村贫困
第一刀,他入户走访调查
摸清贫困底数,查找贫困根源

第二刀,刀锋直指农村产业
引导村民种植魔芋
解决了"空壳村"问题

第三刀,砍向各种疾病
得知贫困户宁清兰患上鼻咽癌,无钱医治
他请求本单位医院免费为宁清兰全面体检
动手术和放化治疗

第四刀,剑指乡村愚昧
主动到红庄村小学上英语课

对山里娃说:"外面的世界很精彩
那里有牛奶、咖啡、玫瑰花……"
鼓励孩子学好英语,将来出去闯一闯

村民夸赞说:赵洪伟驻村扶贫接地气
还与贫困户同吃同住同劳动
我说:赵洪伟是一个高明的医生
他的扶贫动作,刀光见影又见血
以医者仁心,治疗乡村的疾病

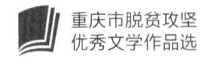

阳水生的渴望

两个红灯笼挂在屋檐下
像双明亮的眼睛，顾盼有神
吉祥的光芒，暖暖地照耀
一只迁徙的鸟，找到了幸福的枝头

10年前，一场大火将阳水生的房屋
和全家的希望化为灰烬
阳水生带着老婆孩子外出打工

老婆患了疾病，孩子异地上学
沉重的包袱压在身上
阳水生感到喘不过气

但他不屈服于现实
渴望拥有自己的房子
在外继续打工，干最苦最累的活

蚂蟥沟交通极不便利，生存条件差
易地扶贫搬迁，国家补助阳水生9万元
在公路边修建了一栋小楼房

房子坐南朝北，有模有样
门前有一块30余亩的水田可以流转
阳水生贷款5万元养殖大龙虾

阳水生的苦瓜脸不见了
绷紧的神经松弛下来
喜悦的心，像稻田养殖的龙虾
在欢快地游弋

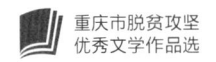

礼物

冉福强老奶奶拉着第一书记刘永
执意要送给他一件礼物
她从腰间解下一个红布袋
取出四枚铜钱，被书记婉言谢绝

四枚铜钱是康熙、雍正、乾隆、嘉庆
的通宝，陪伴了老人60余年
从未离开过她

她说四枚铜钱分别代表着
四个重要历史时期
挂在身上能消灾辟邪、呈祥纳福
保佑好人一生平安

残疾通道

康家村4组建卡贫困户刘美国
到广州务工，从脚手架上坠落
造成高位截瘫

这不幸的事，牵扯着扶贫干部的神经
第一书记陈辉倡议，单位职工搞义捐
为刘美国捐款9000余元

刘美国家的门槛过高
进出不方便
门前还有400余米的泥道未硬化
影响他出行

村支两委与驻村工作队合计
买来一把残疾椅
放低他家的门槛
硬化出行的道路

一条残疾通道的关节
用爱心逐一打通
扫清了刘美国的生活障碍

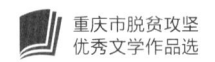

白色口罩

新冠病毒阻断了村民出行的道路
但阻不断人们对美好生活的向往

天馆乡康家村民正愁买不到防疫物资
快递公司突然送来一袋沉甸甸的包裹

一袋乳白色的口罩从涪陵寄出
酉阳农发行负责联系康家村扶贫
白涛行长如今调到了涪陵

收到那袋乳白色的口罩
康家村山坡上的山桃花忽然绽放

一个电火炉

我走进老大娘许素梅的房屋
她笑着走出来
一个电火炉,驱逐了生活的寒气

她递来一杯热茶
然后挨着我坐下
眼眶里盈满了晶莹的泪光
紧锁的眉毛像两片干枯的柳叶
得到春风的纾解

丈夫早年去世,儿媳已经出走
残疾的儿子和刚入学的孙女
像两块石头,压得她胸口疼痛

第一次走进许素梅的屋
里面灌满寒气
我到处寻找她
在隔壁邻家的火塘
见到了这位佝偻的母亲

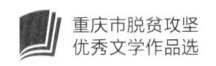

为了堵塞生活的漏洞
帮助她儿子申请了低保
落实养老保险
还联系爱心企业，给她安装门窗
生活的霜雪，被挡在门外

如今她家已脱贫
用余钱买了一个电火炉
倘若再遭遇严寒
不担心生活会失去热度

红辣椒

站在辣椒地
那又矮又小的辣椒树
我不敢去俯视
不敢高高在上，空洞地活着

我弯下身子，对辣椒保持敬意
那些沉甸甸的辣椒果
红艳艳的，挂满枝头
有的成串下坠，有的张开五指

我知道这种植物
在土地上延续了一千年，或一万年
都没有改变自身的本色
没有丧失自身的精神
就像椒农，行不改名，坐不改姓
活得自然又坦荡

而我们活在虚幻里，热衷于追逐功名利禄
一会儿用原名，一会儿用笔名
一会儿跑东，一会儿跑西
不停地变换生存的空间，和生活方式

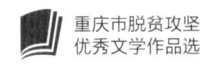

即使是最喜爱的诗歌写作
也好像与己无关，有意无意去复制
别人的情绪，别人的命运
以及别人的生活经验

干妈的礼物（组诗）

干妈

父亲去世，母亲改嫁
田华平刚满7岁
一朵梅花尚未绽放
便遭遇了霜雪的践踏

她的眼角挂着一滴泪
摇摇欲坠
如把握不住的梦
濒临破碎

扶贫干部姚友菊，将她纳入帮扶对象
买来漂亮的裙子、书包和笔
把她的童年装饰得丰富多彩

姚友菊还经常辅导她做作业
多次到学校找老师了解情况
在教室外悄悄观察，她的学习状态
恳请学校伸出援助之手
扶起她的风雨人生

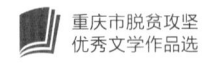

姚友菊经常带她回家
与自家娃儿打成一片
有了姐姐和弟弟的陪伴
田华平不再孤单
找到了家庭的快乐

为了消除田华平的自卑
姚友菊到县城出差，将她带在身边
牵着她的手逛街
到少年宫游玩
让她看到了精彩的世界

重庆杂技艺术团到车田乡招生
姚友菊陪干女去面试
接到录取通知书，她让丈夫开车
护送田华平到千里之外的学校报到
将一朵梅花，送上春天的枝头

梳头

快过来，让妈妈给你洗洗头
水烫不烫
把头垂低一点，眼睛闭上
头发长了，要经常洗
不然很脏

快蹲下,让妈妈给你梳梳头
痒不痒,妈妈给你抠一抠
干女呀,你的头发很乱
别急
妈妈给你梳理整齐

姚友菊一边梳头,一边唠叨
田华平乖巧地把头埋进干妈的怀抱
阳光照射过来
大地很温暖,生活很明亮

撑伞

雨连绵不断
生活的道路又湿又滑
田华平咬紧牙关,撑起一把伞
姚友菊弯下腰,给干女系鞋带

雨伞撑出了一片明净的天空
绘出一幅温情的画
雨滴密集如鼓槌,敲打伞面
演奏出生活欢快的节奏

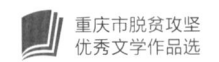

回家

放学了
田华平收拾书包回家

等候在校门口的姚友菊
接过书包
挎在肩头,牵着干女的手行走
书包弥漫馥郁的香气

姚友菊和干女边走边聊
乡村大路平整宽阔
她们的脚步不急不缓
恰到好处

田华平与干妈越走越近
阳光照耀着她们的身影
没有一丝缝隙

肯德基

干妈,什么是肯德基
会不会大声尖叫,催我醒来
会不会跳来跳去,陪我玩耍
干妈,姐姐说城里有肯德基

姚友菊陪着干女上街玩
在商圈里转
那里有肯德基
你想不想跟我进去

来两个炸鸡腿、两杯饮料
姚友菊和田华平在餐厅一角坐下
鸡腿不再跳动，逃跑
牢牢地抓在田华平的手中
两杯饮料滋润了她们的心窝

吃完肯德基，娘儿俩用白色纸巾
揩去嘴边的油腻
幸福地走了出去

照相

干妈，你不要离开我
在这里，我很孤独
孩子，别说傻话
在艺术学校要听老师的话
这里环境好，餐饮住宿全包
要珍惜，好好学习

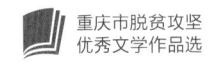

好，干妈再陪陪你
来，我们照张相
让我抱着你
想干妈时，看看照片
或给我打打电话

小书架

田华平的房间很空
缺一点东西装饰
姚友菊反复察看
决定送她一个小书架

姚友菊将书架组装成型
放置在田华平的床头
书架有胸怀有骨气
整日抱着《中国儿童百科全书》
《安徒生童话》《学习习惯168个故事》
《水的故事》……

那些书是姚友菊陪干女精心挑选的
是田华平喜欢的课外读物
有小书架陪伴，她不再孤独

等待

火塘里的火焰熄了,又被吹旺
鼎罐里的水平静了,又沸腾起来
姚友菊坐在火铺上,等待

窗外寒风挟持着一个身影
在旅途中晃动
雪花从高空飘落,融化成一滴泪
姚友菊将时间坐成了一堆灰烬
将寂寞坐成了一张牛皮鼓
田华平密集的脚步,不停地敲击
她似乎听到了咚咚的鼓声

凌晨四点,姚友菊家的房门被推开
一个身影闪进屋来
头上是雪,身上是霜
手和脚冻成了冰棒
姚友菊急忙伸出温暖的手
驱逐她身上的寒气

干妈的礼物

5月10日。田华平要送干妈一件礼物
她埋头专心作画
先画一栋白房子,让干妈居住

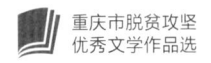

画一颗红太阳，照着这个家
画几棵大树，荫护着房子
再画绿油油的草坪，金灿灿的野花
簇拥在房前屋后
画几个小朋友，追逐蝴蝶
在草坪上欢声大笑

她一笔一画地画，生怕漏掉每一个细节
画着画着，她的眼泪冒了出来
滴在画纸上，漫漶成了一条潺潺流淌的小溪
干妈坐在溪边石头上洗衣服
最后，她用画笔题写了一行字：
"干妈，母亲节快乐！"

第二辑

感恩与回馈

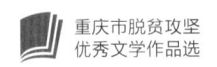

一封感谢信

2020年3月5日。一只鸽子从远方飞来
催生了一场春雨
山坡上的樱桃花倏然开放

康家村援助的20吨蔬菜
孝感市已收到
分配给新冠肺炎围困的市民
他们看到绿色蔬菜，如同看到了春光
看到了绽放的樱桃花

疫情发生后
天馆乡康家村村民很着急
他们的心堵得发慌
捐款捐物后，内心的困顿才得以纾解

贫困户的情意
就像鸽子抖开洁白的羽毛
就像樱桃花越开越灿烂

石敦周的倡议书

武汉惨烈的新冠疫情
吓不倒农家院子里的牵牛花
她顺着篱笆节节攀爬，站在生活的高处
打开小喇叭向人间喊话

石敦周两个孩子大学毕业，找到了工作
他听见微弱明亮的喇叭声
抹了一把眼泪
给村上微信群，写了一份倡议书

倡议书如同一股强劲而温润的东风
吹拂着土家山寨，吹亮了头顶的天空
吹醒了漫山遍野的山桃树

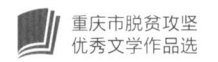

微笑的哑巴

大河口村哑巴王光禄
和智障妻子任艳红
养猪、养牛、养羊、养鸡
供养着一个在读博士生

第一书记徐洲上门走访
给王光禄送去了棉絮、电视机
落实了低保、危房改造政策
王光禄看在眼里，暖在心头

为感激扶贫干部的帮助
他常常给他们冲蜂蜜喝
还邀请到家杀年猪
吃刨汤，享受土家人的快乐

谁说哑巴不会说话
他的表情是最好的语言
手指长满了舌头
我到大河口村1组采访
抬手示意王光禄，又指指徐洲

他翘起大拇指点赞
还跑去拉着第一书记的手
抿着嘴唇，微笑

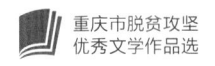

冉凤仙的期待

大河口村5组村民冉凤仙患脑梗死
硬是被从死神边上拉了回来
而拉她的人,却被死神拉了去

冉景清很久没来看望她
这个外甥,住院期间
经常去病房探视
在温情的滋润下
她奇迹般站了起来

如今她拄着拐杖
像受伤的小鸟,在庭院练习飞翔
她要把最好的动作,展示给扶贫队长看
跳累了,望着门前迷茫的水泥道路发呆
期待冉书记的到来

无意间得知冉景清因公殉职
她哇的一声,恸哭起来
奔涌的泪水,诉说着
对扶贫干部无限的眷恋

当保安的许李兵

他穿着崭新的保安服
时而弯下腰,打扫清洁卫生
时而站在工地门口
有条不紊地指挥进出的车辆

他叫许李兵,戴着一副眼镜
看上去文质彬彬
过去爱睡懒觉
白日梦被现实击得粉碎
老婆生了两个孩子
无法忍受虚幻的生活
趁着外出打工跑了

为了帮扶许李兵
扶贫干部上门讲道理,他听不进去
鼓励发展产业,他不愿去做
解决公益岗位,他光领钱不干事
他要破罐子摔到底

为了拔除许李兵的穷根
包村干部、驻村工作队集体会诊

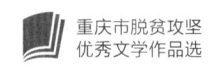

结论是贫穷导致他老婆出走
穷困挫伤了他的信心

扶贫工作队找到了突破口
着手一房五改
给许李兵修建了一栋房子
安装好水和电
还买来床被、炊具、餐具、洗漱用品
并送两个孩子上了学

室内的灯光很明亮
照亮了许李兵的生活
浴室里的热水很温暖
洗涤了许李兵的思想

为增强许李兵的信心
包村领导给许李兵找了一份工作
许李兵在建设工地当上了保安
每月可以挣到2500元
碰到来访者
他笑眯眯的,递茶,送烟,又端水
彻底变了一个人,活得有滋味

新栽的果树会开花

我笃信,一个心存善念的人
行为会结出善果

大河口村脱贫户石敦周
他的堂哥从成都调运一批脐橙
和砂糖橘树苗
送给他栽植、培育

果树苗运到石泉苗寨,每株花费60元
石敦周栽植了90株
将余下的100多株
无偿送给了贫困群众
他说要让大家共同富裕

想到新栽的果树会开花
我愿变成一只小蜜蜂
飞过去采摘花蜜
酿成群众幸福的生活

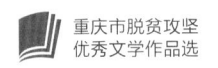

脱胎换骨的黄应莲

推开木门,站在面前的女人
看着我微笑
此时,时针指向十点钟
秒针和分针好像静止不动

我屏住呼吸凝视
她高挑、朴素,头发乌黑
像用泉水清洗过一样
阳光从窗户照射进来
在室内交相辉映,照亮了她黯淡的背影
金属般的丝线闪闪烁烁
勾勒出一幅乡村美女图

第一次推开那扇木门
是她犯病离家出走的时候
我立即向镇村两级报告
通知公安派出所协助寻找
最后在汽车站,看见一个疯子
她蹲在墙角,头发蓬乱得似一团枯草
在闹闹嚷嚷的尘世,把自己弄丢

通过精心治疗，她出落得如此静美
我急忙摊开扶贫手册，一笔一画地记录：
"黄应莲，患有精神病，已落实医疗救助政策"

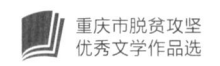

浪子回头金不换

扎营村过去有个逛逛神
常年混迹于社会
外出打工
人家都找到了钱
可他鸡一样,找粒吃粒
回家还要找人借路费
很伤父母的心

2015年扶贫贷款
他养了120只羊,收入8万元
养了10头牛,收入5万元
种了20亩烤烟,收入10万元
如今种植油茶200余亩
还雇请了一大批工人

他家瓦房变成了楼房
媳妇主动找上门
肖家纳福,又添子
肖华成了乡村致富领头雁

2017年，肖华主动要求摘掉穷帽子
村长忧忧忡忡，担心他家返贫
扶贫干部陈远辉笑着说
现在怕十头牛，也拉不回去了

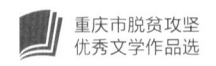

两个红灯笼

两个红灯笼,像两个漂泊的灵魂
找到了栖息的屋檐
也像两颗明亮的星子
找到了一双幸运的手掌

乡亲们从四面八方赶来
为阳水生祝贺。酒席上
他们猜拳划令,大口吃肉,大碗喝酒
共享乔迁之喜

谈起外出务工的桩桩往事
阳水生泪眼迷蒙
移民搬迁,止住了他流浪的脚步

教育扶贫,阳水生的孩子入了学
公益岗位,给他带来一份固定的收入
田地流转,他找到了养殖龙虾的致富路

两个红灯笼,洋溢着吉祥的光芒
像两只迷醉的眼睛
照见了阳水生辗转迁徙的苦难
和他稳定安康的生活

阳光洒满山谷

挨过漫长的冰冻期
大地开始复苏
太阳拨开云雾，张开手指
抚摸万物

鸟儿张开蓝色的双翅，托起金色的太阳
牛羊走向山坡，响着铃铛
啃噬着青草
土拨鼠从地洞里爬出来
大口大口呼吸空气
用阳光梳理皮毛
我急忙伸出手去握住阳光
太阳赐我以白手绢
我用它揩去人间的泪痕

阳光与我十指相扣
驱除了心中的阴霾
群众幸福的生活让我心跳加速
山谷流水潺潺
阳光洒满河谷、山坡

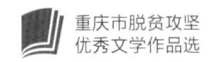

广场传来沙沙声

村公所广场,传来沙沙声
我推开黎明的窗户
看到一幅清晰的画面
一个女清洁工,赶在晨曦到来之前
握紧扫帚,怀着满腔爱意
将散落一地的纸屑、瓜皮、灰尘
狠狠扫光。让生活的广场
看不到污渍和血迹

仿佛有扫不完的尘埃
她不停地清扫
害怕垃圾卷土重来
玷污洁净的广场

她守护着一双儿女过日子
即使生活的重担压在肩头
贫困的帽子戴在头上
她握着扫帚,清扫广场
如同清扫自己的命运

她叫王学珍,在红尘滚滚中
扫出了一块干净之地

金丝皇菊

她有一颗金色的头
一颗金色的心
一个金色的梦

一朵朵皇菊,低着头
弯着腰,扑向大地
田翠花也低着头,弯着腰
扑向黄菊

不屈从于命运的安排
她发自肺腑地热爱每一朵皇菊
如同热爱自己的帮扶干部

田翠花不停地采摘
花篮里堆满了生活的喜悦
她捧着金丝皇菊
如同捧着一团和煦的阳光
生活顿时有了色彩和希望

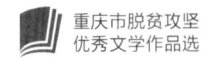

白鹭在飞

万木乡月亮村
月亮湾
一群白鹭在飞

我熟悉那个地方
不用掌灯
也能在深夜抵达

儿时,我斜挎着书包
蹦蹦跳跳,穿过月亮湾
向路边的稻田扔过坚硬的石头

如今那条弯弯曲曲的道路
抬起头,蛇一样在我梦中蠕动
那些坚硬的石头,被水泡软
长出了轻盈的羽毛

阳雀在叫

夜色黏稠
天空隐约传来阳雀的呼叫
阳雀的叫声急促
啼破了漫漫长夜
万物竖起了耳朵

阳雀的叫声
将乡村的农事端到了桌面
我们不为农事发愁
为扶贫产业慌张

张家的李树是否开了花
李家的桑葚是否发了芽
王家的母猪是否下了崽
这些琐事牵扯着我们的神经

阳雀在叫
阳雀的呼叫是一道道鞭影
抽在我们的心尖上
不再犹豫，快马加鞭
我们向乡下跑去
那里正需要帮扶

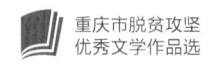

杜鹃花开

酉阳县楠木乡红庄村
有一片杜鹃林
开出了鲜红的花朵

杜鹃的红是生命的红
是火焰的红
是层层剥开的心事
是呕心沥血的色彩

脱贫攻坚
我从杜鹃树下走过
杜鹃长着青涩的叶子

扶贫归来,杜鹃长成了
一片茂盛的林子
它用血染的风采
将青山点缀成绚丽的风景

细沙河的鱼

这里两山夹一谷
远离尘世,没有喧嚣
这里奔涌着一条河
是鱼的天堂

感谢你给予我清澈的流水
给予我清新的空气
给予我生存的自由
给予我健康的身体
我是细沙河的鱼
是人们致富的好门路

我将给你我雪白的肌肤
给你我游动的尾鳍
给你我深红的鳃
给你我清澈的眼珠

我的养鱼人啊
我还将给你我的意志和信念

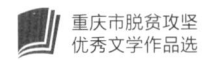

桃

我的名字叫硕果
献给劳作的人群

在白头山上扎根
你给予了我生存的土壤
给予了我丰沛的雨水
给予了我滋养的汗水
给予了我哀伤的泪水

我替你活着
活成一棵桃树
一朵桃花
一颗硕大的桃子

请踮起你的脚尖摘吧
伸出你的双手摘吧
我悬在你头顶
像耀眼的星辰

桃花

站在桃树林
如同回到前世
回到了天堂

面对夭夭桃花
像面对一面面镜子
五片花瓣
是五种指向

脱贫扶起了一片桃林
桃花改变着人的生活
人面变成了桃花

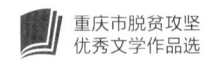

茶叶

我知道起起伏伏的山峦
适合我生长
充沛的阳光带给我温暖
弥漫的雨露
洗涤我身上的尘埃
我活在人们的心尖上

我的身子是绿色的
翅膀是绿色的
梦也是绿色的

那壶烧开的水
沸腾着我的思想
我的渴望

付司坡的茶园

在酉阳县铜古镇李阳村付司坡
我看到了一匹西兰卡普
一块土家织锦
一幅壮丽的山河图

茶园拥抱在群山之中
凸显在道路尽头
宛如土家妹子荡开的裙裾
正在起起伏伏地摆动

状如人头的茶山,叫金顶
此刻,正仰着头看天上的星辰
黎明的雾似白色的乳汁
在山坡上流淌
仿佛能听见流动的声音

茶山披着湿漉漉的衣裳
身上弥漫着氤氲之气
山中的草木,和不甘落寞的瓦房
抬起头,眯着眼
神祇一样晃动

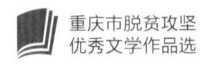

一垄垄新茶，一片片嫩芽
亭亭玉立，振翅欲飞
采茶的姐妹，十分忙碌
一边采茶，一边织锦
用太阳的金线，绣织人间的春华

丹霞石

站在天地之间
我是一座雄奇的山峰
你可以从荒诞不经的表情
看到我的粗俗,和深刻

我诞生于风力和流水之手
有着理性的思维,和感性的情愫
五颜六色的花纹
是我生命的肌理

兀立是我生活的一种态度
陡峭是我生存的一种方式
坚硬是我的物理属性
丹霞是我生命的色彩

我的精神风貌,与神奇美妙联系在一起
与绚丽多姿联系在一起
我将以跪拜之姿,拥抱生活
以赤诚之心,回馈大地的深远与辽阔

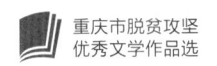

洞口村的柚子

九月点亮了一盏盏宫灯
照耀着酉水河
酉水很瘦
细瘦的酉水流光溢彩

岸边,一株株柚子树
肩负秋天的使命
洞口村的白华军
大力发展柚子
解决了2460人就业

九月的柚子熟透了
硕大的柚子挂满枝头
照亮了酉水岸边的人家

"牛倌"陈德禄

桃花源街道居民陈德禄
到建筑工地打短工，干粗活
他不抱怨生活
敢于挑战命运

脱贫攻坚展开大决战
他顺势而为
靠山吃山，靠水吃水
利用后山草场养牛

山上水草充足，阳光灿烂
牛群很争气
队伍越拉越大
陈德禄当上了"牛倌"

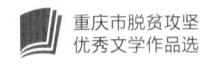

绣姐陈国桃

织锦大师陈国桃
手里拿着一床土家织锦
对绣娘说：这不是苏绣
不是湘绣，不是蜀绣
这是土家织锦——西兰卡普

西兰卡普被列入第一批国家级
非物质文化遗产名录
西兰卡普讲究织锦技艺
构思要精巧，画面要精妙
针脚要精细，体现工匠精神
作为土家织锦传承人
陈国桃边讲解边示范

西兰卡普俗称"花铺盖"
是昔日土家姑娘必需的"陪嫁"
织锦时，想到是你结婚的嫁妆
是给新郎的礼物，你就有创作冲动

脱贫离不开西兰卡普
扶贫更需要绣花功夫
只要大家用心用情用力
就能织出一幅壮丽的生活

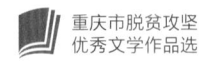

苦楝树开了花

一

光全叔门前那棵苦楝树
被风雪扭伤了腰
而今春风一吹
又挺起腰杆
开了一树繁花

二

与苦楝树面对面
坐着一个小伙子
他中分头，牙齿白净
眼睛目视前方
不远处，一条大河由东向西
日夜流淌
太阳从另一个山头升起
万道金光照在哑巴身上

三

三十年前，故乡高高的山岗上
寒风不停地吹
披着一身破麻布、赤着一双脚
那个女人站在山岗，唱哀歌：
"一股麻线遮股风，十股麻线过一冬……"
她放牧的牛儿，突然停下吃草
抬头倾听她的歌声

四

海云的母亲患有癫痫症
父亲患有小儿麻痹症
这个贫困家庭
如同门前那棵苦楝树
不知遭遇了多少霜雪的摧残

而阳光总是向他们倾斜
晒不干他们身上的湿气

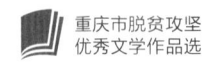

五

光全叔和光全娘
被贫困和疾病这双魔爪
夺去了生命
海云失去了亲人
乡亲们成了他的亲人
没有房子居住，政府拿钱修建
没有电灯照，村上免费安装

六

谁说苦楝树不开花
开花的苦楝树，香气浓郁

海云知恩图报
谁家稻谷没收进屋
他挥着镰刀去帮忙
谁家有红白喜事
他主动去担水、劈柴、守灵
忙个不停
父亲去世时叮嘱我
将他未穿的胶鞋和棉大衣
送给哑巴海云

七

苦楝树开了花
那细小的花朵比米粒还白,还香
比阳光还灿烂

第三辑

赞歌与颂词

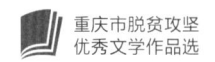

格桑花

谁说只有高原
才能安顿下她阔大的梦境
谁说只有草甸,才能让格桑花
回归草木的本性

如今在武陵山道路两旁
随处可见格桑的身影
她摇曳多姿
恰似爱情的一支支信物
安抚着人间的情绪

脱贫攻坚,我和队长播下的花籽
诗意地绽放
行走在花道间
她突然躬下身子,摘一朵别在发髻上
我左看右看
她多么像一朵,常开不败的格桑

卷心菜

站在贫困户许成江的蔬菜基地
我被一棵棵卷心菜吸引
注目凝视，在这寒冷的季节
黑色土地
绽放出了美丽的花朵

我朝一棵卷心菜走去
向它弯腰低头
它坐地为莲
头上端坐着一尊隐形的菩萨

那层层裹紧的菜叶
外青内白，洁净如玉片
它们向内心收拢
仿佛藏着什么秘密

我一叶一叶剥开
由外向内
探寻它收藏的阳光、雨露
和农人的汗水，以及大地
向人类捧出的一颗跳动的心脏

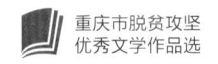

路灯

在村子的分岔路口
一盏路灯,站立着
暮色围拢过来
被它推出老远

它站成了一种风景
仿佛夜色中那个提灯人
手中的光芒
照亮了我脚下的道路

田野里的向日葵

偌大一个田园，种满了向日葵
为迎接圣洁的光芒
他们唱着明亮的歌

宛如慈祥的父亲，我走进田野
那群金发碧眼的孩子
让我俯下身去，亲吻圆嘟嘟的脸蛋

如果我是一名牧师
会把太阳这个词语无限放大
让田园里的歌声，越唱越嘹亮

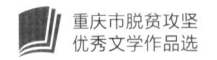

稻花鱼

乡村的天空多么高远
云彩舒卷自如
一尾鱼在稻田自由游动
另一尾鱼,躲在稻子根部
冥想

顺着节气的变化
稻子开始拔节、扬花、灌浆
鱼儿张着一张嘴
等待稻花的掉落

夏日的夜晚,乡村很热闹
鱼群坐在稻田
倾听美妙的乐音

低头吃草的牛

在巴尔盖国家森林公园
那头没有姓氏的牛,走出牛棚
将岁月踩在脚底下
被青草轻轻托举起来

它体格健壮,皮毛光滑
粘不住一粒蚊子
面前有吃不完的鲜草
身上有使不完的蛮劲
每条道路都可供它自由行走
它富足优雅,活得像一名绅士

当你驻足打量这头牛
牛也抬头来打量你
你与牛之间的紧张感,顿然消失

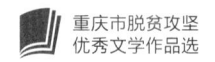

野菊花

扶贫路上，我拖着长长的背影
如永不停摆的钟表
在既定轨道行走
山坡上，到处都是野菊花
举着小小的火把，无论走向哪里
她的光芒就照到哪里

从村口走进山寨，她追随而来
身上散发着草木的芳香
在街沿、庭院、火铺聊天
都能看见野菊的影子

顶着落日，我带着明月归队
她站在坡头、路边，默默护送
我不愿离开。又怎能滞留山野陪伴
又怎能断然拒绝她的一番美意
让有情有义的野菊
突然失望，凋落在我面前

歌仙

她拥有一条色彩斑斓的河流
和百灵鸟的歌喉
她的歌声受过瀑布的洗涤
能穿透白云的心脏

听着歌声,你会停下脚步
猜想,她有细蛮的腰身
和含苞待放的年龄
但出人意料,她是一位86岁的老人

循声走去,抵近一片玉米地
她正在锄草、流汗
玉米苗快乐地成长
她的腰板硬朗
似装满阳光的背篓

她不是建档贫困户
对"两不愁三保障"很熟悉
她儿孙满堂,不需要任何照顾
把劳动当成活动筋骨

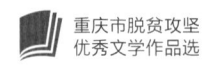

唱歌是她的业余爱好
"刘书记,让我给你们唱支歌吧"
她想用歌声,把扶贫干部送到远方

扬花的玉米

站在地里久了
玉米会生出一些念想
骨头在响动
她开始拔节，抽穗，挂缨
像读书人遇到好书，反复咀嚼
让目光受孕

玉米的肚腩越挺越大
走进玉米地
我能听到大地跳动的胎音
风把这事无限放大
父亲，或母亲正在出神
眯着双眼，等待秋天的降临

扬花的玉米如乖巧的媳妇
深谙庄稼人的心事
她在烈日下舞动
举着一把扫帚，不停清扫头顶的乌云
和庄稼人皱纹里埋汰已久的尘埃

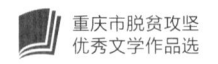

野百合

野百合长在悬崖，或高坡
细蛮腰，高挑个儿
像一个落寞的村妇
掩饰不住内心的孤独，和忧伤

让我想起母亲，她面黄肌瘦
沿着山梁，努力向上攀爬
手指伸向悬崖或高坡
奋力去采摘一朵野百合

我挽留不住母亲的生命
而今握着百合的球状根茎
暗自思忖，如何通过剖析
破解一个村妇的命运

百合润肺止咳、养阴润燥
若能当成产业发展
既能治疗乡村的贫血症
又能治疗一个男人郁结已久的心病

羊群也是美丽的花朵

羊圈前，许安全伸出手指
掐算，一变成二
二变成四，四变成八
八变成十六，十六变成三十二
三十二最后变成了一百二十
数字出现裂变
他仿佛掐断了穷根
内心一阵颤栗
阳光打照过来
他脸上荡漾着春光

此时，放牧四周的羊群
成了美丽的花朵

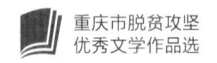

蜂舞人家

走进农家院子
屋檐下的空气,是甜蜜的

长台形的街沿
圆柱形的蜂桶,一字儿排开
一群群蜜蜂,在空中异常忙碌

靠近蜂房,仔细观察动静
一些辛勤劳作的蜜蜂
劳累致死
我心中涌现阵阵哀伤

谁能替它们分担一些责任
原谅我的过错
我窥见了农家院子里的秘密

古寨师婆

山羊村古屋门前那棵枣子树
活了一百余年
将光阴逼进了死角

吴会英老人
左手抓住门柱
右手拄着拐杖
头上绾着一团乌云
脚尖绽放两朵梅花
活成了菩萨

她两眼盯着前方
口中念念有词
那些走失的事物
顺着她的目光返回

我想开启她这本书
探寻山羊古寨的秘密
而拐角处，堰渠的水太浅
翻不过那道门坎

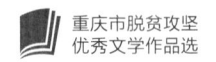

千手桂花

山羊村公共服务中心大院
有两棵桂花，长着很多花枝

我想起千手观音
一双手不够用，生出千万双手
拯救人间的疾苦

桂花树正对着村扶贫办公室
很巧合，似乎神的旨意

到新开发的古寨走一走，看一看
幸福之风，扑面而来

青冈树

唐家湾和许家寨接壤地带
有株水青冈，树干粗壮，骨头坚硬
根须扎得深
抵近了村民的梦境

他抓住脚下的土地不放
在海拔1200米的山坡
他站位很高，活出了一种气度
给人遮风挡雨，让人靠头歇气
从不需要报答

扶贫路上，我抬头仰望他
我们站在一起合影
从此，他到梦中纠缠我
散发木质的香气

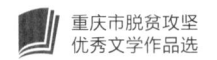

巴尔盖的羊

羊缓缓抬起头,不说一句话
却完成了语言的交流
我急忙调好焦距,把羊的美丽
定格在记忆深处

迷失于旅途和荒野
羊咩咩呼唤
幸运之神,将我及时遣返

与羊交换眼神
我俯下身子,亲吻青青草木
像一只羊潜伏在草丛
你需要的时候,就会猛然抬起头

描述一株金丝楠

在酉阳县两罾乡内口村
一株金丝楠活了600年

它端坐在磐石上，禅悟生存之道
用真身护佑脚下这块土地
当地村民利用它的优势
发展乡村旅游，它对村庄的恩泽
无法估价，就像没有人能用人间的尺子
测量出神的高度

它还在修炼，即使修炼成仙
成一座佛塔、一座庙宇
可以供人朝觐，安置灵魂
它将好好活下去，为人间做点善事

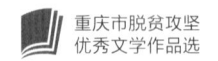

乌杨树

那棵乌杨树,远离南溪河
活在深山中,像南溪号子
吼了上千年,外界无人知晓

那棵乌杨树,生长在小山寨
和南溪人同呼吸,共命运
用树冠撑起了一片天

那棵乌杨树,干径很大
宰相肚里能撑船,咽得下悲欢
和屈辱
没有人能用标尺衡量它的胸襟
没有人张开双臂能拥抱它的孤独

那棵乌杨树,根系极为发达
裸露的树根,充满力道
抓住方寸之地不放
生命的触须已探入南溪河的核心部位

那棵乌杨树,活了千余年
活成了一部南溪史

没有人打开它的册页去阅读
也没有人研究过它的生存和危机

扶贫驻村工作队杨军和简朴
经常从乌杨树下走过
时而抬头仰望树梢，时而低头沉思生活

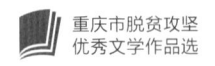

金钱花

在石泉苗寨一个贫困户的院落
我看见一簇金黄色的花瀑
它流光溢彩
彰显了人间的美词

有人说,她叫三月花
一个村姑的名字,衣着朴实无华
又有人说,她叫金钱花
与平安富贵有关
而一个老师却说,她叫棠棣之花
演绎着一段美丽动人的故事

无论她叫什么花,都不重要
站在她面前,我想倾听花语
想伸出手去,拥抱她的烂漫

紫薇花开

行走人世，我戴着口罩
半掩着一张脸
害怕病毒的袭击

石泉苗寨，敞开着胸怀
一棵紫薇长得十分俊俏
向墙外斜伸着花枝
我摘下面罩，走进农家大院
凝视紫薇，呼吸有些急促

主人闻声走出来相邀
我们走进屋内，围着一张四方桌
依次坐下，端起热腾腾的茶杯
嗑着香喷喷的瓜子，谈论脱贫攻坚
谈论乡村爱情
春光渐浓，紫薇花开得灿烂辉煌

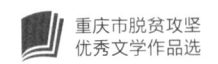

小溪欢乐起来

郁郁寡欢的人
心中藏着一支歌

那条小溪七弯八拐
穿过叠石花谷的草坪
枯瘦得像个严重脱水的病人
充满着对水的渴望

那些光滑干净的石头
受过无数次洗礼
身上看不到一点尘埃
似一群小沙弥，坐在溪边
等待水来安抚

水来了，小溪唱着欢快的歌
草坪有了血液的滋养
显得朝气蓬勃

英子花

英子，你站在秋天的花谷
诱人的香气
酥软了我的骨头

英子，我俯下身子
像一只蜜蜂
递给你一双温情的手臂

英子，百花怀抱果实归去
你站在路口
向谁深情注目

英子，我带不走花的世界
你秉持的美学观
渗进了我的血液

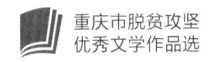

绿色草坪

在潜意识中，那块草坪
与我的生命有关
我出生时的脐带，埋在一棵青草下
我的生命像小草疯长
我的快乐像小草淡然
我的幸福不是在草坪上
继续牵着爱人的手散步
不是与儿时的伙伴继续打滚
我把草坪当成了一块
包裹我生命的襁褓
卷起来，又铺展开
那里长满我生命的根须

彩色蝴蝶

将阳光织成一匹华丽的绸缎
让蝴蝶奋飞
带着我的眼睛

抱住一棵狗尾草
将针管扎进去,加油、充电
在青草坪,滑翔起飞

抱住那株凤尾花
钻进她的花蕊,找到原始的动力
然后抖擞精神,继续高飞

抱住那根桂花树
站在生活的高枝,扇动艳丽的翅膀
吸引众人的目光

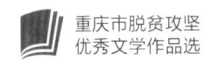

蜜蜂的情怀

即使你生命衰老、凋零
生命终将衰老、凋零
我想以蜜蜂的情怀让你
重新绽放一次

我带来了三双手和足
抱住你不放
用膝形触角摁住你麻木的穴位
让生活的痛感回到你的身边
用锐利的触须抚弄你衰弱的神经
让你心跳的音符更加急促狂烈

我轻盈的翅膀扇起了缕缕春风
拂去你脸上细密的汗珠
我的口吻多么专业
已将爱的液体注入了你的血脉
我用狂想将你幻想成万千花影
你羞赧的容颜，绽放在我生命的归途

第四辑

追忆与展望

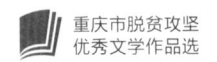

武陵山的鹰

重庆市酉阳县苍岭镇大河口村第一书记冉景清，2019年8月17日因公殉职，2019年10月，被中共酉阳县委追授为酉阳县优秀共产党员，被中共重庆市委宣传部、市文明办追授五一劳动奖章，被酉阳县人民政府追授为优秀扶贫干部！

一

一只鹰从武陵山的峡谷升起
天空为它无限铺展
鹰越飞越高，越飞越远
鹰翅闪亮，像一柄锋利的剑
在空中呼啸

2019年10月23日。送行的人群
潮水般涌动。酉阳县殡仪馆
像一块凝重的黑色礁盘
承受着海浪的咆哮、击打
冉景清的遗体躺在水晶棺
如同躺在船舱里
接受浪花的呼喊和朝拜

此时,他紧闭着双眼
好像在用睡眠消弭身上的疲惫
好像在闭目神思
如何打赢脱贫攻坚战
然而,他告别了美丽的人世
走得极为仓促、不安

送行的人群面色凝重
像大海翻卷起的黑色浪花
像梅枝上凝结成的朵朵新雪
他们绕着棺椁旋转
心中的种种念想,被无情的礁石
撞成了泡影

船借势出行,为了找到生活的彼岸
一个消失的生命
拯救了一个迷失的灵魂
他肩负着新的使命
踏着浪花铺就的道路
走向火红的炉膛,用烈焰清洗身子
宛如挤干了泪水的云团
化作一只山鹰,飞向天空

二

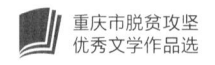

武陵山的鹰，飞不出波涛起伏的群山
飞不出武陵人滚烫的胸膛
飞不出土家苗汉的梦境

山鹰涅槃而生
仿佛找到了第二次生命
它带着细雨、春风、闪电和雷鸣
飞过重重关隘、层层山峦
飞过苍苍茫茫的大地
飞到了大河口，在轿子顶、丁家寨
龙岩坪、香树堡飞翔
抖动着一双巨大的翅膀
凝视着熟悉而陌生的土地

大河口的父老乡亲
仰望着山鹰
像看见久别重逢的冉景清
脸上下了一场倾盆大雨
扶贫干部徐洲望着山鹰
朝鹰影飞翔的方向跑去

大河口村办公桌上那台打印机
为了它，冉景清赔了一条命
如今迅速转动起来，打破了室内的寂静

用生命的节奏
留住了冉书记的灵魂

村支书赵昭伟的肾结石
突然发作了
等待冉景清送去诊治
村长李元江要赶回县城
等待冉景清的车来接送
大河口村200多家农户的土地已流转
新购买的柑橘苗，等待冉景清来指挥栽植
大河口的温泉，在地下1800米深处怒吼
等待冉景清来开发

三

山鹰用犀利的目光，穿越历史时空
以强劲的翅膀，护佑天下苍生
以担当的精神，守护着起起伏伏的山头

冉景清满怀激情，带着使命来
捧着一团火来，带着一杆枪来
用烈焰驱散大河口的寒气
用枪杆围剿村村寨寨的贫困

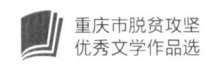

2018年1月22日。冉景清到大河口扶贫
从车上一跳下来,就握住了那双双期待的手
握住了镇村干部的心
他当即立下扶贫军令状:
"不破楼兰,终不还!"
迅速与村组干部开展交心谈心活动
及时拆除了村支两委间的隔心墙
增强了扶贫干部的凝聚力

他给驻村队员交代
平日多买些面条,多做些臊子
煮给办事群众吃,不让他们空着肚子回去
进村入户走访
要求队员换掉皮鞋,穿上胶鞋
倡导扶贫干部说土话,严禁说脏话
倾听群众讲话,不能中途打岔
鼓励驻村队员结穷亲,打通最后一米的距离
在老百姓心中,他亲如自家的儿子
是一只有出息、能展翅高飞的鹰

四

山鹰爱惜自己的羽毛
胜过爱惜自己的生命
冉景清对待大河口的群众
就像山鹰对待自己的羽毛

扶贫工作，冉书记不搞疾风骤雨

雨过地皮湿

他的工作细如微风，润如春雨

贫困户王伟和妻子常年在外打工

冉景清与王伟经常通电话

鼓励他在外好好干活，多挣钱

他与王伟亲如兄弟

常去家中拜访，照顾留守在家的老人

得知父子俩互相牵挂着对方

冉景清用手机连通视频

让老人与王伟视频聊天

消解父子间的牵挂之愁

贫困户石邦昌的妻子冉凤仙

患脑梗死住院

冉景清买了礼品，开车100多公里

到医院去探望

对这个生病的"孃孃"，他经常去鼓励

出院时开车去迎接

为了解决石邦昌家的生活困难

冉景清特事特办，亲自采集资料

到县上有关部门递交申请、跑程序，多方周折

办下了冉凤仙的残疾证

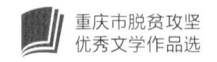

贫困户张永仙离开大河口
已搬迁到镇上居住
晚上下了一场暴雨
房屋漏水，她被雨水浇醒
想找女娲补天
在大河口村的微信群里
她顺手给冉景清发了一条微信
冉景清收到信息，仿佛触到了电
焦虑不安，一夜未合眼
天还没亮，他就开车直奔张永仙家
帮助她处理房屋漏水问题

石建成的妻子徐敏
与丈夫分居了 6 年
带着两个孩子、一堆包袱过日子
孩子读书无人出钱，生病无人照看
家中的房子已破败不堪，像他们的夫妻关系
再也经不住生活的风雨
冉景清亲自组织工人进场施工
进行旧房改造
又像织布机上的梭子
在夫妻间来回穿梭
将爱心拧成一根根细线
缝补了他俩感情的裂缝
拯救了一个风雨飘摇的家

五

苍岭镇大河口村
山鹰时而在空中盘旋，时而俯冲直下
又腾空跃起，给天空留下了矫健的身影

大河口村地处阿蓬江峡谷地带
境内山高路险，位置偏僻
没有客运车辆运营
山寨私车较少，村民出行困难
冉景清把自家私车当公交车
接送出行的村民和干部

他信守承诺：随叫随到
哪个家庭有人生病，或急事办理
他亲自接送
路上遇到本村或外地村民
他停下车，将人载走
如果座位不够
他带头下车，将座位留给群众
一次转运不完，多次转运
沿途的群众，都熟悉冉景清
将他的名字刻在了心坎上

冉景清胸中能够跑马，也能射箭
眼中却容不下一粒沙子

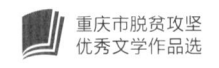

对事，针尖对麦芒
对人，剖开心肝让人家看
村上修路和建设饮水工程
他经常与施工单位争论
坚守底线，毫不让步
事后主动去关心工人的生活
解决建设中的难题

为解决香树堡村民的饮水
他以雷霆手段和闪电速度
组织驻村队员和村组干部，实地勘探水源
优化施工方案，协调解决水管和安装问题
让村民吃上了干净水、放心水

为推进大河口村道路施工建设
冉景清还经常到现场监督指挥
确保施工进度和工程质量
浇筑香平公路，正值盛夏酷暑
冉景清自己掏钱买了很多西瓜
送到工地上去，给村民消暑解渴
那饱满甜蜜的西瓜汁
滋润了大河口群众干渴的心田

冉景清对驻村队员和帮扶干部
心中始终怀着一把火
将更多的责任和担当留给自己

让同事们多休息
叫他们常回家看看
他回家的次数却最少
驻在村里工作的时间最多

对分配来的大学生"村官"
冉景清主动与他们谈阳光、谈风雨
引导他们，相信明天的太阳会升起来
阳光更加明亮，世界更加美好

六

山鹰掠过高远的天空
穿过大山的胸膛、白云的心脏
俯身抵达河面
用翻滚的浪花磨刀，舔舐残阳血色

10月17日。冉景清在县城开完会
带着一台打印机，和一堆药品
返回大河口，想甩开膀子干一场
妻子多次提醒他照顾好自己
医生叮嘱他不能熬夜

驻村工作队都知道冉景清有病，
但他经常工作到深夜
同事们都担心他的身体吃不消

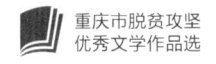

徐洲的心有时比针眼还细
与冉景清同睡一个房间
听着冉书记打呼噜，他才敢入睡
听不到冉景清的呼噜声
徐洲就去察看动静
用手轻试他的鼻息

七

奔腾不息的阿蓬江，穿越幽深的峡谷
跌跌撞撞奔来
山鹰穿越幽深的峡谷
却倏然离去

冉景清凌晨 3 点还未睡觉
徐洲披衣起床，察看动静
冉景清正在办公室安抚打印机
如同一对知心朋友
带着纯真的感情交谈

时针卡在了生命的旅途
悬垂天花板上的电灯，面色惨淡
喧嚣的世界静得听不到一点声音
徐洲再次翻身起床，朝办公室跑去
刺目的灯光照射着冉景清低垂的头

徐洲轻轻呼唤冉书记
用手去推搡冉书记
冉书记没有回应
只有微弱的鼻息

徐洲吓了一跳,不知所措
跑到院子高喊
驻村干部闻讯赶来
将冉景清迅速扶上了车

汽车在崇山峻岭间喘着气
呜咽鸣叫
徐洲加大油门快速行驶
李元江扶着冉景清不停地呼喊
害怕死神将冉书记的生命突然夺走

八

高飞的鹰从空中跌落
惊吓了一条河流
众人泣血高呼
大山不能没有翱翔的鹰
大河口不能没有冉景清

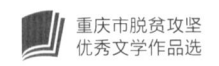

医院尚无回天之力
冉景清走得太突然
镇党委政府的领导来了
村支两委来了
驻村工作队来了
村民们来了
在医院汇聚成一条翻滚的河流

站在冉景清的遗体旁
大家皱着眉，咬紧牙关
忍受心灵的噬痛
渴望冉景清能醒过来
哪怕只给他们一个眼神、一丝微笑
那些皱着的眉毛就会自然舒展
咬紧的牙关就会自然松开

冉景清实在太累，躺在了病床上
关上了生命的天窗
堵塞了歌唱的喉咙
带着对人世无限的愧疚和眷恋
匆匆地走了

众人跪在地上，呼唤冉书记
包村领导樊翔抱住一根柱子，小孩似的哭泣
村民张永仙边哭边呼喊，想用哭声吓跑厉鬼
阻挡冉景清远去的脚步

赶集的人群潮水般涌向医院
他们想看一看冉景清
想握握他那双粗大有力的手
有的村民躲在墙角偷偷抹泪
有的买来成捆成卷的冥纸
蹲在墙边燃烧
有的提着一挂挂鞭炮燃放
众人一个目标：送冉书记一程

村民赵昭敏在山坡干农活
得到冉景清因公殉职的消息
这个铁打的土家硬汉，身子瞬间垮掉
全身酸软无力
仿佛觉得冉景清没有走，不会走
还在不停地喊赵哥
还坐在火塘边和他摆龙门阵

冉景清离开的是肉身
是解雇了生命的躯壳
他的灵魂留守在大河口
他的精神留存在武陵山

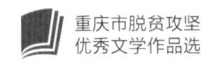

九

雄鹰盘踞在山峰
鹰眼投放在大地
将爱播洒在人间

冉景清的遗体送到了殡仪馆
躺在松柏和鲜花丛中
他的妻子龚嫦娥泣血呼唤：
"你走了谁帮我煮饭，谁帮我洗衣，谁帮我照顾孩子
你执意要走，就带着我走吧！"
她以一场特大暴雨的方式
与冉景清告别

儿子冉君航带着疾风闪电赶来
跪在父亲的灵柩前，号啕大哭
他制造的滔滔洪水，顿时淹没了祭祀大厅
"小时候贪玩，你趴下身子
给我当马骑；长大了，给我当服务员
陪我做作业、堆积木
眼睛受了伤，你成了救命稻草
连夜赶到学校带我到医院去诊治……"

县城读书的女学生石金华
一把鼻涕一把泪地哭诉
她母亲冉凤仙生病后

冉景清怕她中途辍学
多次到学校去看望她，鼓励她努力学习
家庭困难由驻村工作队帮助解决
如今，冉书记走了
她长跪在地
用跪和哭表达对冉书记的敬意

村民王月强在外打工，听到消息
专程从广州赶回来，为冉景清送行
有人问他那么远赶来值不值
他说为冉景清送行
值得

十

不是所有的山鹰都能涅槃重生
找到生命的新高度
不是所有的山鹰都能获得众人的追忆
铭刻在心中
冉景清这只雄鹰，经受住了生死考验
他向死而生，灵魂高高飞翔
像一盏光芒四射的灯盏
照亮了迷蒙的天空
照亮了武陵山
大河口村民在仰望、呼唤、奔跑
追赶神奇的鹰，直到天的尽头……

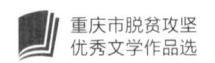

找星星

小时候,我常常坐在院子里
找星星
或躺在一条板凳上
仰望星空
我渴望星星能伸出温暖的手臂
把我抱上天空,成为一颗明亮的星子
或给我插上翅膀
让我拖着一束微光,闪烁

我多么迷恋星光
扶贫队长带我去看星空
我爬上巴尔盖国家森林公园
跃入眼帘的是苍茫的群山
和散布在山中朦胧的村寨

站在山顶,我静候星星的出现
夜色渐浓,天空却没有一粒星子
队长看出了我失望的心思,叫我耐心等待

山风握着透明的火种,点亮了
远远近近的山寨

头顶深黑的天空倏然消失
大地一刹那间翻转
一座光芒四射的星空出现在面前

红溪村192户贫困户的房屋亮着灯光
如同192颗星辰,闪烁在辽阔的天空
扶贫队长教我找星星,并指着贫困户的位置
给我逐一介绍情况

他认真负责的劲儿,让我想起儿时
父亲用心地陪伴我
给我介绍星空:北斗星、启明星、长庚星……

此时,在漆黑而贫瘠的土地上
我拥有了一座灿烂的星空

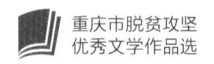

走进田野

昨夜,你爬入我的梦境
用生命的尖角顶撞我
今日,我带着残留的泪痕
走进田野

我因疏远大自然
皮肤衰老得生了一层锈
在家庭和办公室之间行走
如同出租车在高楼与高楼之间运转

田野的芬芳四溢扑鼻
油菜开出金灿灿的花朵
挥霍着乡村爱情
一群蜜蜂抢先抵达
采撷了这里的幸福

她们如今变成了一群有主的少妇
挺着个大肚子
发梢还为我残留了一些芬芳

我的出现让菜花举止失措
而被一缕春风巧妙化解
它引领我在田野自由地行走
这样的爱情多么纯粹
如同我尽心尽力去帮扶

行走在油菜花丛
我找回了生活的从容和自信

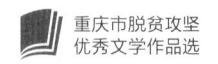

远程医疗

重庆医科大学附属永川医院医生——
李远，到两罾乡内口村当第一书记
他着手解决群众治病难的问题

两罾乡卫生院医疗设施设备落后
医疗技术水平不高
村民患上重病、大病不能及时诊治
有时延误了最佳治疗时间
若转出外地治病，会增加村民的负担

李远通过工作关系，多次联系永川三甲医院
筹集到了一笔款
用于购买医疗器材，安装远程设备
破解了村民看病的难题

如今，坐在两罾乡卫生院医疗中心
就能跟外地医师面对面交流
接受对方的诊治

科技和医术，像一对孪生兄妹
能改变一个地方和人类的命运

老王的橘园

贫穷有时像一块巨石
压得人喘不过气
但压不倒一棵倔强的橘树
老王抱住那块撂荒地继续深耕
仿佛寻找什么

他在向橘树学习
将根须扎进厚厚的土壤
从深处汲取养料和水分
让生命发芽、开花
结出饱满的果实

老王找到了生活的窍门
他深耕厚植橘园
风不停地吹,阳光继续朗照
那些酸涩的记忆
转化成了甜蜜的果汁

红红的橘子挂满枝头
老王伸出手指
采摘天上的星辰

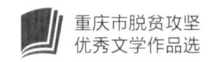

独坐河床

暮色向晚,炊烟散尽
河流归于平静
你独坐河床
知道改变不了流水的方向
怀抱一条河流的孤独
看着山鹰从头顶飞去
让一块石头陪伴
不离不弃

高山云雾茶

即使云雾缭绕,山势险峻挺拔
他仍执意攀爬
那些茶树,举着绿色的火把
照亮了一座茶山

走进茶园,如同走进人间天堂
听不到生活的噪音,看不到人间的尘埃
只有明亮的阳光,在枝头欢叫
洁净的雨露,在山坡流淌
采茶的姐妹,打量着来客
翻飞的手指,掐住了茶叶的命运

在茶园行走,是件愉快的事
扶贫队长将思想的根须扎进土壤
沐浴云雾后
他身上仿佛长出了片片绿芽
心头荡漾着阵阵春波

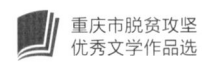

网店

那些农特产品像山里的有志青年
想找到生活的舞台

扶贫队长陈辉,开了一家网店
塔建起一个交易平台
给康家村的土鸡蛋、干竹笋、土鸡、猪肉
山羊、蜂蜜,找到了一条出路

2019年,康家村农特产品销售突破10万元
陈辉仍不满足,亲自押送土货上路
去闯荡市场

十里荷塘

仿佛徐徐展开的一幅国画
万千枝荷,亭亭玉立
风吹过,她们心花怒放
将幸福绽放给人间

脱贫攻坚,酉阳县楠木乡
推行"三变"改革
红星村将200亩水田集中流转
栽荷种藕,发展乡村旅游

新生事物,遭到村民的质疑
驻村工作队走东家,跑西家
大谈入股分红、务工挣钱

莲藕栽下去,稻田像媳妇的肚皮
很争气
藕在腹中长得白白胖胖
田田荷叶,托起了庄稼人的梦

清晨,晶莹亮丽的露珠
在荷叶上滚动、凝思

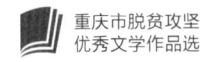

一只红蜻蜓伸出双臂去拥抱
荷塘改变了山村的月色
也改变了村庄的面貌
那些欢乐的大龙虾、大闸蟹
在池塘深处，悟到了生活的秘诀

一场演出会

夕阳给群山万道金牌
每一道圣旨
给人间带来了温暖

吴出珍领着千军万马
凯旋归来,他卸下铠甲
坐在自家庭院
接受蜂群的朝拜

庭院出奇地安静
吴出珍不再是领兵打仗的将军
像解甲归田的隐士
观看蜜蜂盛大的演出

他看见天空被柔软的绸布擦亮
梅花、桃花、油菜花,依次盛开
蜂群振动着双翼
将春天的日历依次打开阅读
吴出珍忘了先前征战的劳苦
他欠欠腰身,皱纹和牙缝里
挤满了欢喜和得意

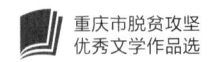

幸福无法抉择

农家大院似一块古老的铜镜
翻晒着农民的幸福

池流水,我看见一根根玉米
从苞衣内剥离出来
瓣瓣牙齿,黄金般纯粹

黄莹莹的豆子
在农民眼中胜过黄金
不留在院坝翻晒
害怕它们悄悄溜走
用簸箕盖盖摊晒着

站在偌大的晒场,我无所适从
先临幸玉米,还是靠近黄豆
眼前的幸福无法抉择

弯弯河流

我不能用蓝月亮，或者碧玉带
这类静美的言词
来形容一条弯弯的河流

扶贫路上，我与乡村的河流
交换了呼吸和思想
用脚步丈量了它的胸襟和胆识
我看见滔滔的河水充满激情
流向无限宽广的未来

向一条河流学习
在河边，我脱掉旧鞋子
换上新行装
克服人性的懦弱
大踏步前进
河流潜入了我的血脉
我心潮澎湃
内心奔涌着一条生生不息的河

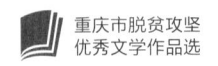

油茶汤的味道

到酉水河边去扶贫
土家人待客
常用热腾腾、香喷喷的油茶汤

脱贫攻坚,既要注重政策的落实
更要讲究工作方法
还考验一个人的意志
如同熬制油茶汤,讲究技法、火候
先将铁锅烧红,抹一层油脂
炒制爆米花,或玉米粒
再将铁锅洗净,继续烧红
放入大量茶油
待腾起油烟,放入茶叶
迅速翻炒,焦而不糊
将山泉水倒入锅里
茶叶和油脂漂浮上来

油茶汤熬制好后,放入少许盐粒
搅拌均匀,用汤瓢舀到茶碗
将爆米花或玉米粒倒入碗内
你会听到生活的滋滋叫声

看见浮在汤面的爆米花
大口地吸附油脂和浓酽的茶香
显得饱满而温润
像贫困户享受到了扶贫政策
获得满满的幸福感

喝油茶汤也讲究技巧
心急喝不了油茶汤
应静下心品尝
用小汤匙送进嘴里
一口一口地咀嚼,满嘴流香

也可气定神闲,端起茶碗
一边喝茶,一边吹拂汤面
汤面荡漾着圈圈细小的波纹
若用筷子推开漂在表面的杂物
如同拨开浮浮沉沉的人世
在半展半掩的油茶下面
似乎倒映着一群相互守望的贫困户
他们在油茶汤里,露出欢愉的神情

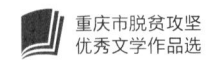

仰望天空

仿佛四块闲着的石头
躺在路边，仰望天空

月亮很明亮很干净
他们不约而同地惊呼
想伸出手去抚摸那张圆润的脸
又怕将它弄脏

天空若隐若现的星子
仿佛母亲撒下的黄豆
不知何时能够发芽
反复谛听，搜索
光的手帕揩去了他们
脸上的灰尘和泪水

山风知性地吹来吹去
卸下了生活的浮躁
夜晚出奇的安静
仰望的石头，目光清澈
回到了自己的内心

她笑起来真好看

站在院子里
她前面有一棵茶花
背后有一株迎春花

她穿着花布衣服
一把秀发在脑后颤动
两只蝴蝶在头顶追逐

摆脱了孤独和贫困
她笑起来真好看
茶花跟着笑了
笑声一瓣一瓣
迎春花也跟着笑了
笑声一朵一朵

阳光下,所有的笑声
都绽放出美丽的花朵
很纯粹,很明亮

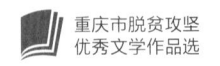

撒欢的鸡群

枇杷树下,一群鸡从鸡舍里涌出
围着她转
有的抬头观望,有的低头追逐
有的亮开煽情的翅膀

她端着一盆饲料,抛撒出去
阳光从枇杷树上照下来
将她勾勒成一个弥撒女神

鸡群幸运地抢着食物
踩着明亮的光斑
快乐得像一群孩子

晨会过后,有的鸡仔相约
朝树荫下走去
有的展开翅膀,飞上枇杷树
在生活的枝头,引颈高歌

武陵山的路

如果把武陵山的铁路和高速路
比拟成人体的主动脉
那么国道、省道和县道则成了枝状动脉
通乡路、通村路、通达路以及便民路
就成了微状动脉。它们相互依赖,互为支撑
构成了一张庞大的路网
我的乡愁是一腔热血,在那些脉管内涌动
眷恋着那片神奇美丽的土地

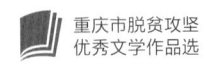

武陵山的桥

武陵山的桥
是一把巨大的锁
将两座老死不相往来的山头
锁在了一起

万木村的光伏板

仿佛流浪的孩子归来
找到了故乡
在万木村,那些光伏板
放低身段,接近泥土
倾听大地的心跳

他们伸出双臂,不为抢占地盘
而是拥抱万木的贫困
和充满渴望的眼睛

他们敞开赤子的胸怀
用丰富的想象力,神化万木
将万木的阳光,吸附在内心
转化成一脉脉电流
照亮贫困家庭的生活

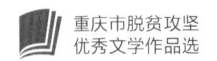

光明的道路

他叫熊光明,养了一群蜜蜂
采花、酿蜜,从事甜蜜的工作

他有不甜蜜的经历
十年前,患皮肤癌截肢
失去了一条腿,靠另一条腿支撑
走过一段坎坷的道路

他得到生活的福报
一群又一群蜜蜂
追随他,拥戴他为王

他追赶时序和花朵
围猎生活
逼退了贫穷

如同他的名字
他如今走的道路,一片光明

我还有左眼

小时候，池再军无人照看
爬进火塘
烧伤了右眼

外出打工，因右眼有伤
他被拦在公司门口
老板居高临下问话
保安无理训斥
可他却说："我还有左眼！"

拖着疲惫的身躯
找到建筑工地
因为同样的原因
被包工头拒绝
他反复恳求："我还有左眼！"

最后走进一家石材厂
住到潮湿阴暗的工棚
腰椎严重受损
不能打工挣钱
生活陷入困境
他告诉家人："我还有左眼！"

南腰界乡红岩村支两委知道后
及时伸出援助之手,给他政策扶持
他回到家乡养猪,养牛,养鸡
不断扩大养殖规模,带动村民致富
生活的右眼终于重见光芒

羊儿满山坡

山坡草木葳蕤
羊群朵朵
像洁白的云
碧绿的草坡，山风吹过
能听见羊儿呼吸的声音

柯玉忠站在山顶
双手早年被截肢
没有可供挥舞的手臂
没有可供吆喝的羊鞭
他吹着铁口哨
像一个孤独的神

羊群在草丛隐没
快乐游离在四周
霞光照射
幸福在山头涌动

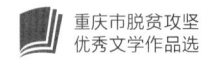

蓝莓熟了

桃花源街道双福村余国华
种蓝莓出了名
他的绰号叫"蓝莓"

青春期的蓝莓是苦涩的
余国华滚进火塘
烧伤了身子，失去右手

打工挣的是血汗钱
改变不了生活的现状
他不等不靠不要
凑了3万元，吆喝村民种蓝莓
第一次盈利10万元
他的蓝莓由青涩变成了紫红

尝到创业的甜头
余国华成立蓝贝儿蓝莓种植专业合作社
租地300余亩，套种药材200亩
入户72户，带动发展168户
蓝莓基地接纳100余人务工
解决了30多户贫困家庭的就业

蓝莓熟透了，酸酸甜甜
像蓝莓基地的余国华
脸上刻满风霜，身上披着阳光
心中怀着生活的柔情和甜蜜

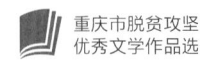

花田贡米

花田贡米比银子还纯净
比玉髓还温润

花田贡米产于花田
花田的田，一层又一层
层层叠叠
叠出了一道好风景

花田贡米
吸附了大量阳光
沐浴了众多雨露
承载着太多的汗水、泪水
和花田人的期盼

走进花田
像走进一块无毒无害
无污染的净土

花田贡米富含硒
是生活的一种执念
是最好的贡果

天山堡要修飞机场

天山堡要修飞机场
这盛大的消息
像疾风刮过地皮
群山有序排队
等待插上腾飞的翅膀

天山堡要修飞机场
这消息振奋人心
天山堡挺直腰杆
撑起一片天空

天山堡修建了飞机场
武陵山就多一处停机坪
和起跑线

后记

情怀烛照与主题变奏

芦苇岸

诗人袁宏，是我的作家班同学。2018年春夏，北京八里庄，鲁迅文学院第31届少数民族诗歌高级班，我们有缘结识。

他的诗歌，给我的初步印象是，长于咏物，有着周正的抒情传统，诗意具象明亮，审美目标清晰，没有阅读障碍。记得还在鲁迅文学院时，他给我看新作《让风生出飞扬的马鬃》："我用低处的雪/埋葬自己的影子/向高处进发/牵着一匹马穿越雪地//到处都是残枝败叶/仿佛打响过一场激战/战场来不及打扫/柏树、松树、杉树/折断了手脚，砍去了头颅/仍然站立在风雪中，坚守着/自己的阵地//我突然闯入雪地/像一位不速之客/无法调和自然之间的矛盾/只能投去鼓励的目光/或将马儿留在雪地里//那里有丰沛的水源/有丰美的草料/能让马蹄生风，让风生出/飞扬的马鬃。"当时读完，我立即做了如许点评：诗写风雪过后的景象。低处，积雪深厚得埋葬自己的影子，这个朦胧的意象，为全诗创设了一个陌生化的想象空间。牵马上高地，放眼所见，风雪肆虐的大地仿佛打响过一场激战，但即便断头折脚，也不能动摇它们坚守雪地的决心——显然，面对眼前的凌乱景象，"我"被柏树、松树、杉树们感动，"我"无法"调

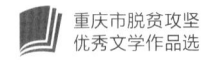

和自然之间的矛盾",显得无奈和无用。不过,诗人学会了从另外一个角度看待问题:雪地可以养马,而马,就是真正的诗和远方。此刻"马"的意象由自然的马提升到超自然的马,人生的体验便注入其中。

怀着一份真诚,我把它推荐给一个著名的诗歌平台,发出后获得了近两万的阅读量,反响热烈。"好诗,如临其境!""一首诗能够遇见品读它的人,是一件快乐的事,而一首好诗,遇到解析它的人,更是难能可贵。"回应和好评不断,夸我次要,关键是一个经我推介的诗人获得较高认可,心里更比蜜甜。一个自觉的诗人,是不甘在时间的窄道上停下脚步的,将以诗净心作为追求的袁宏,当然会暗自发力,自求突破。这不,不到两年时间,他硬生生端出一部诗集来。稿子干净、整饬、端庄、严正,可见所花心血及其坚定的诗思向度。他告诉我"这本诗集是重庆市作协安排的定向写作,为扶贫专题",像这类"政治性和政策性强"的题材不好把握,"写空灵了也不行,写实了不像现代诗,结合点难以把握,反复斟酌、修改,很伤神"。我知道他的费心,在今天,诗人如何走出"小我",面对强大的现实,已经是一个严苛的挑战。这两年,"诗歌如何见证时代,书写人民"已经上升到国家层面,成为一个众所周知的"写作指导"。诗人如何"用诗歌书写新的时代"?2018年7月3日,由《诗刊》社中国诗歌网主办的"新时代诗歌北京论坛"召开。这次会议大力倡导诗人深入生活、注重实践、紧贴社会,努力为社会和人民创作出反映新时代风貌的精品力作。中国作家协会副主席吉狄马加在会议上强调:"作为当代诗人,我们要观大局、有境界、有作为,用诗见证和讴歌这个时代。诗人不能缺席,诗人应该有这种担当和意识。"可以说,袁宏倾情创作的诗集《阳光照亮武陵山》是对这一号召的紧密呼应。他深入实践、岗位下沉、主动作为,在扶贫攻坚第一线,积累了比较丰富的诗写素材,他的这一写作行动无疑是对"文章合为时而著,诗歌合为事而作"的现实融入,体现了诗意生成的积极的社会性与时代性。

诗集《阳光照亮武陵山》围绕武陵山区的脱贫攻坚展开诗性建构,集中反映了酉阳土家族苗族自治县广大干部群众积极投身脱贫攻坚的国家战略，展现了群众向往温暖，尤其是面对困难守望相助的内心世界和追求美好生活的坚毅品质，对其善意的人性做出细微的感觉捕获与正面书写。既饱含深情，又具象分明，寄物于情，托物言志。所见所思，触景生情，客观的真实场景装载诗人的主观情思，并带出意义的延展。他不求语言的奇峻与语势的起伏，而是注重挖掘人物与事态中蕴含的艺术张力，素朴地表达显见情怀的力量。

这本诗集总共100首，每辑皆为25首（组），看得出，结构布局显然是经过了精心的斟酌与思考。整体看，第一辑"叙述与抒怀"，叙写山乡扶贫进程中的感人故事，从《田勇飞的脱贫攻坚战》到组诗《干妈的礼物》，多角度、多层面、多审视，围绕主题，展开细节，反映了山乡的贫瘠和乡民渴求致富的愿望以及扶贫干部的急迫心态，写出了初心，用情很深。第二辑"感恩与回馈"，着色于村民对"扶贫攻坚"这项惠民政策的渴望，对下沉干部的接纳，对尽心尽力的扶贫人的感激。无论是"一封感谢信"或一份"倡议书"，还是"哑巴"的微笑表情与竖起的大拇指，无不充分突出了"吃水不忘挖井人"的主题书写，感恩的是家国，回馈的是情意。第三辑"赞歌与颂词"，耽于抒情的心意，借村人村景的感触，以诗人的立场，对扶贫伟业发出由衷的情感写意，表达时代宏阔语境下的个体感受和主观情愫的提炼。第四辑"追忆与展望"，回溯峥嵘岁月里的壮举所凝结的精神力量，追忆逝水年华中人生的沉淀，对付出生命的同行表达崇高的敬意，对指向未来的美好前景充满必胜信念。

不难看出，他的这部诗集有两条主线贯穿，一条是明事的叙述节律，展现诗人现实触角的敏感和深入细部的诗意能力；一条是释怀的抒情底色，表现他对扶贫这一重大主题的情感态度。组诗《干妈的礼物》叙写清明村扶贫干部姚友菊认孤儿田华平作干女儿的事。父亲去世，母亲改嫁，田华平刚满七岁，濒临绝境，不幸开启了她的童年。但扶贫改写了她的人生，幸运随扶贫政策降临。姚友菊及时向她张开温暖的双臂，给她买来漂

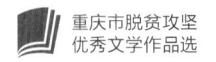

亮的裙子、书包和笔，虽然命运让她过早失去亲人，但扶贫干部姚友菊却以母亲般的大爱毅然助力她延续多彩的梦：经常辅导她做作业，牵着她的手到都市逛街，到少年宫游玩，让她看看外面丰富多彩的世界，直至把她培养成一名艺术生。诗作通过描绘姚友菊给干女儿梳头、撑伞、接回家、吃肯德基、赠送小书架等温情画面，凸显扶贫干部春风化雨的情怀和爱如柔水的细腻。诗作最后以5月10日母亲节这天，田华平要送给干妈一件礼物作为收束，点化了鱼水情深的报恩。"她埋头专心作画/先画一栋白房子，让干妈居住/画一颗红太阳，照着这个家/画几棵大树，荫护着房子/再画绿油油的草坪，金灿灿的野花/簇拥在房前屋后/画几个小朋友，追逐蝴蝶/在草坪上欢声大笑//她一笔一画地画，生怕漏掉每一个细节/画着画着，她的眼泪冒了出来/滴在画纸上，漫渍成了一条潺潺流淌的小溪/干妈坐在溪边石头上洗衣服/最后，她用画笔题写了一行字：/'干妈，母亲节快乐！'"朴素的想象与温馨的心愿，交织成一种和乐的喜悦感，这正是诗人想要的诗意构建，是理想意义的脱贫后的小康图景。

综观这部诗集，着墨最多最深的是人物，"述人"的部分显然是诗集的最大亮点，多数人物鲜活可感，善美自现，保有人性的温度。第一书记田勇飞，脱胎似的沉入村民的生活，帮扶不遗余力；乡人大代表许乾芳，因山寨每户人家屯积的上万斤洋芋运不出去，为一条通组路，奔走多年；身上沾满鸡毛的贫困户许正富，因帮扶政策而观念转变，从当初恨鸡到想当一个鸡王；五十四岁的驻村领导冉娅林即便丈夫躺在千里之外的病床上，儿子和儿媳也远在千里之外，仍然坚持走访贫困户，下村组召开产业发展问题商议会；靠一根拐棍支撑走路的村民许成江，租地种菜，年收入15万余元，一下摘掉穷帽子，将命运之舵牢牢掌握在自己手中；已有一肚子"扶贫经"的清泉乡帮扶干部罗小成，对人说"帮扶要举轻若重，把群众的小事，当大事来办，将贫困户当作亲人来帮助"；86岁的"歌仙"，靠勤劳聪慧，虽不是村里的建档贫困户，却对"两不愁、三保障"很熟悉，执意用歌声为扶贫工作真抓实干的刘书记等人唱歌解闷，这肺腑之声，艺术地传递了人民群众对干部的肯定；酉阳自治县苍岭镇大河口村第一书记冉景清，2019年8月17日因公殉职，2019年10月被中共酉阳自治县委追授为酉阳自治县优秀共产党员，被中共重庆市委宣传部、市文明办追授"五一劳动奖章"称号，被酉阳自治县人民政府追授为优秀扶贫干部！这些典型人物典型事例不一而足。在我的阅读经验里，如此集中书写人物，致以鲜活的形象于笔端于纸上于字里行间的，未曾有过。通常，"贴着人物写"是小说创作的成功秘籍，我欣喜地看到，在袁宏的诗里，这个艺术经验得到了开拓性的运用，并产生了别趣的重力。茨威格在《三大师》中对巴尔扎克的写作说出的"演变、着色和组合的各种效应在他们身上完成，从组合的元素里又生成新的中和物"这段话同样适合袁宏诗歌书写的对象。尽管受制于文体特性，不能如大家文笔那么淋漓尽致，那么传神刻骨，但袁宏在尽力回避简单无为的表层记叙，而是尽可能挖掘经验世界里那些悉数登场的人物身上独有的意蕴，他们是敞开的，而不是幽闭的，承载着一种有效的生命责担和精神塑造。

著名作家纳博科夫也强调作家要在写作中"创造一种真实"。作为诗写"扶贫攻坚"的《阳光照亮武陵山》，立足火热的生活，展现乡村剧变之下的真实的灵与肉，甚至观念与认知的碰撞。这本身就是生活真实的最有意味的形式。"他害怕有人掉队/常常在梦中点名//许文多，直肠癌/冉碧芝，食道癌/龚文熙，脑膜炎/杨光富，鼻咽癌/许成祥，尿毒症/许林，脑梗死……没见人站起答应/他吓出了一身冷汗//点完名，扶贫队长伸手去/想驱逐他们的病魔/病毒很顽固，潜入扶贫队长体内/啃噬他的心脏"（《点名》）。米兰·昆德拉强调创作的要义不是展示已有的存在而是"存在的可能"，这首《点名》有如巴尔加斯·略萨谈到的"事件转化为语言的时候要经历一番深刻的变动"。让噬心的主题产生强烈的感情色彩，很大程度上，得益于作者的生活态度、精神质地和面对现实时的"不回避症结"。通常，审美视觉带动的灵感闪现，往往依赖于"在简单中挖掘诗意"，袁宏的这部诗集，几乎是不用游弋的心态疑虑"写什么"，而是专心

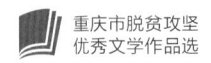

于"怎么写",无需考虑玄妙技巧与复杂情绪对诗意预设的干扰,而只是集中精力让自己的精神成果"获得对世界最好的理解"。于是,他说出"花田贡米富含硒/是生活的一种执念/是最好的贡果"的心语,是笃信好日子"一个都不能少"的誓言,是一种饱满的甜蜜。这心声超越的小感觉小杂念,在某种程度上,让现实的诗意有了朝向开阔的美学境地的可能。王夫之在《诗广传》中称:"君子之心,有与天地同情者,……大以体天地之化,微以备禽鱼草木之几。"对于情牵山乡、倾力扶贫、爱满人间的大地上的事情,诗人写出了活着的意义,这一点,比什么都更重要。"它站成了一种风景/仿佛夜色中那个提灯人/手中的光芒/照亮了我脚下的道路"。在村子的分岔路口的路灯,守望的,既是灵魂的烛照,也是一场"问世"的诗人作为。当然,基于一种明确的主题变奏,部分诗作未免粗疏、匆促、单一和有待深入。但是,在扶贫一线摸爬滚打的袁宏,一手劳作,一手写诗,想以此表明在这种宏大叙事中的在场,不只有身体的汗水,亦有心智的付出。他记录的不仅仅是时代语境下的实干兴邦的画面,更是人类精神镜像观照中的奋进动力。

谨表祝贺。

2020.8.18

芦苇岸,著名诗人、作家、文学评论家。中国作家协会会员、中国文艺评论家协会会员、中国少数民族作家学会会员、中国诗歌学会会员、浙江省诗歌创委会委员。1989年开始发表作品,2000年,有声文学《和鹰一起飞翔》在美国斯科拉卫星电视网48小时滚动播出,迄今已在《人民文学》《诗刊》《中国作家》《民族文学》《星星》《钟山》《山花》《作家》《大家》《花城》《十月》《当代文坛》《南方文坛》《当代作家评论》等刊物发表过诗歌作品近千首,评论作品近百万字。获得过"中国诗人奖""中国当代诗歌批判奖""《延河》最受读者欢迎作品一等奖""《作品》年度诗歌奖""《当代作家评论》年度优秀评论奖"等,入选过"骏马文学奖""闻一多诗歌奖"等。出版著作多部:诗集有《蓝色氛围》《芦苇岸诗选》《坐在自己面前》《带我去远方》等,评论集有《多重语境的精神漫游》《当代诗本论》。评论以"视阈宏阔,理析精准,知性宕拓,文风激荡"著称。主要研究方向为当代华语诗歌文本观察及现象批判。

大山里的阳光与春风
——《阳光照亮武陵山》艺术世界管窥

彭　鑫

在春暖花开的季节，捧读《阳光照亮武陵山》这本诗稿，仿佛沐浴着大山里的阳光与春风。它有阳春三月般的精神温度，有清新、质朴、明亮的审美品质，有直击人心的艺术感染力。

扶贫诗，是一种有难度的写作。当下，众多的扶贫诗写作者，在追求扶贫诗的创新，与平庸做斗争，不断地开拓扶贫诗的艺术空间。他们以自己的艺术良知和文学技艺推动扶贫诗不断向前发展。而袁宏就是其中的佼佼者。

尼采有言：一切文学，余爱以血书者。此言不虚，一切诗歌精品，都是以血写成的。袁宏不仅是以诗人才情写扶贫诗，更是以生命之血写扶贫诗。他孜孜不倦地从贫困户脱贫过程、扶贫干部的精心帮扶、与贫困户血水相融中，捕捉意象，精炼语言，营造意境。

《阳光照亮武陵山》，全方位、多角度、极其生动细腻地描写了发生在酉阳大地上的扶贫事迹，堪称一部以诗歌写成的"酉阳扶贫史"。细细品味，我们会看到一幅幅动人的图画："贫困户脱贫图""扶贫干部先进事迹图""干群情深图"。尤其是诗集中的语言极其干净、朴实，直录扶贫中的动人细节，带有一种镜头感般的诗意，极具辨识度。

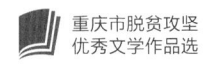

这本诗集可谓见证了文学的尊严：文体尊严、担当精神、责任意识。

一、根植于武陵山：诗人浓烈的家国情怀

袁宏的精神之根，深深地扎进贫困山区，关注贫困户的现实生活。他不仅是一个诗人，还是一个扶贫干部，更是武陵山中的一株草木。他的扶贫诗因为来源于生他养他的土地而有了灵魂。

在《许文多家的狗》中，袁宏对贫困户许文多之苦痛感同身受："稍不留神，许文多家的狗狗/溜进时间的缝隙，汪汪汪地叫/或爬进梦里，用细小的犬牙咬我/那痛呀，比许文多的直肠癌/还让人难受"。他与贫困户血脉相连，苦他们之所苦，想他们之所想。因此，他的扶贫诗拥有了打动人心的力量。再如《点名》，贫困户的痛苦，时时刻录在扶贫队长的心上，以至于"日有所思夜有所梦"："像一些身份特殊的学生/很伤扶贫队长的脑筋……没见人站起来答应/他吓出了一身冷汗"。真实、细腻、感人的细节描写，源自袁宏对贫困户的一腔赤忱、家国情怀。

即使是美丽阳雀的动人叫声，在袁宏听来，也宛如一道道催促扶贫干部努力工作的鞭影："阳雀的叫声/将乡村的农事端到了桌面/我们不为农事发愁/为扶贫产业慌张……阳雀的呼叫是一道道鞭影/抽在我们的心尖上/不再犹豫，快马加鞭/我们向乡下跑去"（《阳雀在叫》）。不是对扶贫工作入脑入心入骨髓，绝不能写出如此诗句。

因为袁宏是扶贫工作的在场者，他的眼光紧紧注视贫困户生活，所以他的诗句能够深深地楔入扶贫工作。他的一首首扶贫诗，就是一份份"脱贫攻坚"的诗意记录。板溪镇副镇长冉娅林为了帮助红溪村八组战胜深度贫困，决胜全面小康，深夜背着孙子，赶到高高的武陵山之上，与村民在火铺上共商产业扶贫："山上夜雾又浓又稠/冉娅林的外衣被浇湿/她推开组长那扇木门/头上冒着寒气/忽然出现在村民面前/闹闹嚷嚷的房间突然安静下来/继而响起一阵热烈的掌声"（《火铺会》）。感人的扶贫事迹，只需简洁的叙述，就有浓烈的诗意。

同时，袁宏擅长捕捉生活中的诗意。日常生活中常见的"水稻成熟"在他的笔下，就成了一幅水稻受孕图，成了一幅诗意收割图："接到电话，我仿佛看到吴秀华/蹲在稻田中央/手伸向灌浆的水稻/与它保持最亲近的距离//大地在颤动，吴秀华的手在颤动/我的心也在颤动/我明白吴秀华的意思/叫我们备好镰刀，产床/和轰轰烈烈的爱"（《湖广寨的稻子》）。因为他眼中有对武陵山的爱，所以他的笔触所到之处，皆生出熠熠的诗意光辉。

袁宏深刻地关注这片广袤、贫瘠的大山里的苦与难、悲痛与幸福。而这些就化为了袁宏诗歌的灵魂。有灵魂的诗歌，必有动人心魄的震撼力。

二、塑造了典型的"人物群像"，描绘了生动的"脱贫图"

诗歌固然不以塑造人物形象为目的，但是如果一首诗歌塑造了鲜明的人物形象，那么必然增加审美感染力。而人物形象，要在文学艺术长廊中有独特的地位，就应该特色鲜明、独一无二，正如恩格斯在《致敏·考茨基》中说的："……正如老黑格尔所说的，是一个'这个'，而且应当是如此。"优秀的文学家善于塑造独一无二的人物形象，读者一看就记住了"这个"，绝不与其他的混淆。

袁宏擅长塑造人物形象，将扶贫干部与贫困户身上的美好品质展现得纤毫毕露。他们都有着一张生动、鲜明、与众不同的面貌。例如扶贫干部"铁娘子"冉娅林，她的丈夫生病了，躺在千里之外的病床上。儿子和儿媳，都在陪伴他。她只有带着寸步不离的孙女去扶贫，一直到深夜十一二点。这个背着小孙女扶贫的干部形象，感人至深，一读就令人难以忘怀。

《一把刀》描写了海归博士赵洪伟以"四刀"治疗酉阳县楠木乡红庄村的贫困症。他医术精湛，他治疗贫困的技术同样精湛："我说：赵洪伟是一个高明的医生/他的扶贫动作，刀光见影又见血/以医者仁心，治疗乡村的疾病"。

最为引人注目的是，袁宏在长诗《武陵山的鹰》中，将扶贫干部冉景

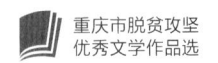

清光辉的一生提炼为一个独具一格的意象——"鹰"。武陵山区,有一种传说,一座山有一只鹰,鹰是山的"守护者"。冉景清,就是大河口村的"守护者"。袁宏提炼出"鹰"这个意象,来象征冉景清,来象征千千万万像冉景清一样守护一方土地的扶贫干部,是具有独创性的。它源自于大山的传说,又融合了扶贫干部的坚定的扶贫意志,感人至深,必是扶贫诗史中的一个经典意象。

袁宏还以逼真的笔触记录了贫困户与贫穷奋力斗争的历程。他们对来之不易的脱贫成果倍加珍惜。他们竭尽全力地去追求幸福美满生活。例如获得了一份清洁工工作的王学珍,细心扫地,仿佛是在扫自己命运里的尘埃:"仿佛有扫不完的尘埃/她不停地清扫/害怕垃圾卷土重来/玷污洁净的广场……她握着扫帚,清扫广场/如同清扫自己的命运//她叫王学珍,在红尘滚滚中/扫出了一块干净之地"(《广场传来沙沙声》)。贫困户身上的美好品质照亮了他们自己,也照亮世界。

很多贫困户因为扶贫干部的帮扶,而改变了自己对待人生的态度。阳光地对待生活,生活也必将阳光地对待自己,许李兵就是一个典型的例子。从前的许李兵和现在的许李兵,形成了鲜明的对比。过去的许李兵爱睡懒觉,爱做白日梦,破罐子破摔。但是,自从他在扶贫干部帮助下,当上了保安,每月可以挣到2500元,他就像变了一个人似的,从此认真工作:"他笑眯眯的,递茶,送烟,又端水/彻底变了一个人,活得有滋味。"(《当保安的许李兵》)在《浪子回头金不换》中,扎营村的"逛逛神"在扶贫干部的帮助下,贷款养羊、养牛、种烤烟、种油茶,脱贫致富,盖了小洋楼,娶了媳妇,从此拥有了幸福美满的生活。

袁宏以一首首扶贫诗,描绘出一幅幅壮阔、生动、细腻的"脱贫图",使读者直观地了解酉阳的扶贫工作,感受到贫困户奋力脱贫的精神,深刻了解扶贫干部热心扶贫的先进事迹。

例如一幅"算账图",就把黄家君为群众精打细算的工作态度描写了出来。这幅"算账图",也就是一幅"扶贫干部满腔热血图":"黄家君给龙正江算了一笔账/他到药店买药酒/每月花费500元/一年就要花费6000元/泡一坛药酒才500元/能管一年"(《药酒》)。

袁宏笔下还有扶贫干部与贫困户的"情深图":"冉福强老奶奶拉着第一书记刘永/执意要送给他一件礼物/她从腰间解下一个红布袋/取出四枚铜钱"。而这四枚铜钱,就是扶贫干部与贫困户心贴心的明证。而诗集中《干妈的礼物(组诗)》把姚友菊虽是田华平干妈却宛如亲妈的深厚情谊形象地描写了出来。

三、清新、明亮的诗风

袁宏的扶贫诗,有着清新、明亮的审美品质,有着充满质感的意境。语言质朴、干净透彻,有一种朴素的香气。

清新之风,与袁宏追求叙述的简洁、描写的简洁有关。扶贫工作本身,就是写在中华大地的最辉煌壮丽的诗篇。扶贫干部的无私付出,就是一种人间大诗意。这种诗意,无须雕饰,只要直录,就是一种动人心魄的存在。

例如《贷款》:"银行代办员认识陈远辉/老远就向他打招呼/陈远辉说明来意/愿替肖华担保贷款/代办员在陈远辉耳边嘀咕://'肖华是社会上荡的,你来担保贷款/万一他产业失败/还不上,咋办?'//'用我的工资担保/失败了,他若还不上/扣我工资分期偿还'"。陈远辉将自己的工资与贫困户的命运连接起来。这不是一种大诗意,是什么?这种诗意无须华丽的语言去修饰,否则反而成了画蛇添足。

清新之风,与袁宏善于以少总多,一滴水中现出七彩阳光有关。例如在《鸡在呼叫》中,简简单单的几句诗,以鸡为线索,就把贫困户许正富的一生勾勒了出来:由恨鸡,到爱鸡,想当一个鸡王。"他不养猪,不养鸭,要养鸡/我不解其意/他说喜欢听鸡叫/鸡一叫,天开眼/远去的背影将会转过身来"。天然去雕饰,形成一种简约之气、清新之美。《阳水生的渴望》同样如此,叙述极其简洁。在这首数十行的诗中,读者能体会到蚂蟥

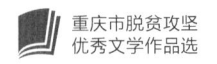

沟的阳水生数十年的人生历程。曾经被贫困压得喘不过气来的阳水生，通过易地搬迁、贷款养大龙虾，而成功脱贫。

清新之风，与袁宏善于采集生活中的鲜活口语有关："2017年，肖华主动要求摘掉穷帽子/村长忧忧忡忡，担心他家返贫/扶贫干部陈远辉笑着说/现在怕十头牛，也拉不回去了。"陈远辉这句"现在怕十头牛也拉不回去了"，就是一句最美的诗，写出了那种贫困户因为脱贫而产生的无比喜悦与兴奋，对未来充满希望的神情。

清新之风，与袁宏精于捕捉细节，在细微之处刻画人物的情感有关。正所谓，一瓣花上说人情。例如在《一封感谢信》中，写出了贫困户脱贫之后对社会的回馈，写出了贫困户的感恩之心："疫情发生后/天馆乡康家村村民很着急/他们的心堵得发慌/捐款捐物后，内心的困顿才得以纾解"。

这种感恩，有时候很隐秘。袁宏抓住一个贫困户的表情，把其感恩之心写得极其显豁，令人动容："谁说哑巴不会说话/他的表情是最好的语言"（《微笑的哑巴》）。再如在《干妈的礼物（组诗）》中，通过田华平与干妈走路的距离，就写出了她们的亲密关系："她们的脚步不急不缓/恰到好处//田华平与干妈越走越近/阳光照耀着背影/没有一丝缝隙"（《回家》）。

明亮气质与语言的文采有关："如今山坡上，那一片片、一行行油茶树/腾起了一串串绿色的火苗/诗意般昂然"（《田勇飞的脱贫攻坚战（组诗）》）。一串串绿色的火苗，新颖、精彩地表达出了油茶这个扶贫产业的兴旺与蓬勃发展。又如在《阳光洒满山谷》中，诗人汲取太阳的光与热到心灵，满怀激情投入到扶贫事业中去："我急忙伸出手去握住阳光/太阳赐我以白手绢/我用它揩去人间的泪痕"。阳光与对贫困户的爱，融为一体。

明亮气质与情景交融有关。例如袁宏描写阳水生的喜悦，是通过一种生动形象的比喻："阳水生的苦瓜脸不见了/绷紧的神经松弛下来/喜悦的心，像稻田养殖的大龙虾/在欢快地游弋"（《阳水生的渴望》）。喜悦之心，宛如大龙虾在水田游弋，如在目前。

这种化抽象为形象的诗句，诗集中比比皆是。如在《没水》中，村里百姓的喜悦就如山泉水一样滔滔不绝："驻村工作队四处寻找水源/开山炸石，挖机进场/苦战120天/山泉水源源不断输送到没水村"（《没水》）。再如《一个电火炉》，电火炉温暖了贫困户的房屋，也温暖了她的生活："如今她家已脱贫/用余钱买了一个电火炉/倘若再遭遇严寒/不担心生活会失去热度"。

同时，袁宏常采用托物言志来表达自己的扶贫心愿。例如《红辣椒》："我知道这种植物/在土地上延续了一千年，或一万年/都没有改变自身的本色/没有丧失自身的精神/就像椒农，行不改名，坐不改姓/活得自然又坦荡"。又如《丹霞石》，扶贫干部的精神与丹霞石的精神是一致的："我的精神风貌，与神奇美妙联系在一起/与绚丽多姿联系在一起/我将以跪拜之姿，拥抱生活/以赤诚之心，回馈大地的深远与辽阔"。

结语

袁宏的扶贫诗世界，是一个精致的艺术世界：色质明亮，质朴刚健，激情充沛，昭示了他面对故土、面对贫困、面对家国的真情流露。

诗如其人，在袁宏的扶贫诗里，有他的文学技艺、文学格局。他的思考，他的炽热之心，通过精湛的诗艺和朴素的初心，得以精彩地呈现。

彭鑫，生于1986年10月，中国散文学会会员、重庆市文艺评论家协会会员。在《散文诗》《特区文学》《重庆日报》《华西都市报》《广州日报》等省级刊物上，发表文学评论、文学作品百余篇。主持、主研重庆市教委规划课题5项。文学评论获重庆市委宣传部、重庆市文联共同颁发的"重庆市第八期中青年文艺骨干研修班"优秀作品奖。

托起灿烂的阳光

袁 宏

位于武陵山腹地的国家级贫困县——酉阳自治县，过去境内山高、路陡、石多、土少，长期处于贫困状态。"有儿不用教，酉秀黔彭走一遭"就是对当年生活的真实写照。改革开放以来，酉阳人民发扬"宁愿苦干、不愿苦熬"的酉阳精神，人民生活水平得到显著提高。但受交通瓶颈和区位因素的制约影响，贫穷落后的面貌还未得到根本改变。近年来，酉阳自治县严格按照中央和市委、市政府的决策部署，在县委、县政府的坚强领导下，广大干部群众，以坚忍不拔的意志和英勇顽强的精神，尽锐出战，克难攻坚，成功打赢一场声势浩大、史无前例的脱贫攻坚战，抒写了一幅波澜壮阔的扶贫画卷！

2018年1月，我被党组织选派到板溪镇红溪村担任扶贫第一书记。为了打好红溪村的脱贫攻坚战，我先从调查研究着手，顶着风霜雨雪，利用一个月的时间走村进组，爬山涉水，及时摸清了红溪村的贫困状况，结合红溪村资源状况和区位优势，认真研究制定了脱贫攻坚计划，及时组织召开村党员干部大会，报告扶贫工作情况，赢得了广大党员干部的支持。紧紧依靠村支两委，以党建为抓手，聚焦"两不愁三保障"，实施精准扶贫。始终坚持驻在村、吃在村、干在村。通过召开火铺会、院坝会、田间会，大力宣传教育扶贫、医疗救助、产业扶持、移民搬迁、危旧房改造、贷款扶持等政策。在移民搬迁和危旧房改造中，组织带领驻村工作队逐户检查、逐户登记、逐户落实政策。强力推水、电、路、讯等基础设施建设，大力发展辣椒、水稻集体经济产业。并着眼于扶智扶贫，广泛开展技能技术培训，鼓励村民大力发展养殖蜜蜂、山羊、黄牛、土鸡等产业，从根本上改变贫穷落后面貌，实现了红溪村的整村脱贫。

结对帮扶，我把贫困户当做亲人，经常到家中走访谈心、鼓劲加油、问寒问暖，耐心地给他们宣传党的扶贫政策，及时地帮助他们解决实际困难，周全细致地落实各项帮扶措施，与困难群众打成一片，结下了水乳交融的深厚感情。贫困户许文多患直肠癌，一度对生活感到绝望。我多次上门做其思想工作，提振他的生活信心，帮助解决了他一家4口的低保，免费购买大病医疗保险，落实了产业扶贫和教育资助政策，点燃了他生活的希望。第一次走进他的家门，他家那只白狗对着我凶巴巴地吼叫，走的次数多了，那狗把我当成了朋友，每当听见我的声音，老远跑过来迎接我，在我面前变得很温驯、很可爱。"稍不留神，许文多家的狗狗/溜进时间的缝隙，汪汪汪地叫/或爬进梦里，用细小的犬牙咬我/那痛呀，比许文多的直肠癌/还让人难受//狗狗是白色的，跃起一团银光/没有绳子可以束缚住它/许文多常常穿件黑袍/跟在狗狗后面，脚步分明沉重……"（《许文多家的狗》）。贫困户冉敬忠的家属黄应莲患有精神病。第一次走进冉敬忠的门，他坐在火塘边发呆。我紧靠着他坐下，热心和他攀谈起来，他告诉我妻子犯精神病跑丢了，几天未归，很担心她的健康和安全。我立即将情况通报给辖区派出所，后找到了她。见到黄应莲，她脸色苍白如一张纸，头发乱得像一团枯草，两只眼窝沉陷如伤口，让我感到十分不安。如今通过精心医治，黄应莲的病情好转，还落实了签约医生，定期上门检查服务。再次见到黄应莲，她神志清醒，热情地招呼我进屋去坐。阳光从窗口射进来，她仿佛脱胎换骨。"推开木门，站在面前的女人/看着我微笑……她高挑、朴素，头发乌黑/像刚用泉水清洗过一样/阳光从窗户照射进来/在室内交相

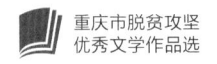

辉映，照亮了她黯淡的背影……"（《脱胎换骨的黄应莲》）

通过扶贫，我不仅认识到了乡村的贫困，还体会到了群众对幸福美好生活的渴望。为了全面、深刻地反映酉阳脱贫攻坚战取得的成果，坚持用事实说话，着力构建一个深远辽阔的诗意空间，2020年春季，我顶着春寒、冒着被新冠病毒感染的危险，几度深入高山大盖、乌江沿岸、阿蓬江边和酉水河畔的深度贫困乡镇采访，深入了解扶贫干部扎根基层、顽强拼搏、努力奋斗的精神，收集他们涌现出的先进典型事迹。到大河口村采访因公殉职的原扶贫第一书记冉景清的先进事迹，当地群众含泪向我倾诉了冉书记为他们办的好事，我被感动得泪流满面。车田乡清明村扶贫干部姚友菊，将七岁孤女田华平认作干女，用心用情用力去帮扶，凝结了血浓于水的母女情，用大爱谱写了一曲人生赞歌。

雄奇壮丽的武陵山，如今不再是贫困落后的代名词，更像一艘快速行驶的大船，直挂云帆济沧海。站在高高的山岗，我看见了那些崭新耀眼的村寨、网络状的公路、成群的牛羊、飞舞的蜜蜂、成片的果园、众多桥梁架起的一道道彩虹，山坡、河谷、两岸到处洒满了阳光。我分明看见一只鸟儿展开蓝色的翅膀，托起一轮金色的太阳，在武陵山的天空自由翱翔。

借此机会，真诚感谢市委宣传部、市扶贫办、市作家协会对我创作的大力扶持；感谢熊辉教授对我创作的悉心指导；感谢芦苇岸先生和彭鑫老师对我诗集的精心点评！

2020年9月15日于酉州